神様に加護2人分貰いました

kamisama ni kago futaribun moraimashita

7

kamisama ni kago futaribun moraimashita

琳太
Rinta

Illustration
みく郎

オロチマル
フブキの従魔。
自由奔放な末っ子
タイプ。
天《あま》坂《さか》風《ふ》舞《ぶ》輝《き》
異世界に無理やり召喚された高校生。
一緒に召喚された同級生とはぐれてしまう。
地球の“神”様から、
加護やユニークスキルを
大量にもらっている。
ツナデ
フブキの従魔。
姉御肌の
女の子。
チャチャ
家事全般を
やってくれる
家精霊。
ルーナ
豹獣人の女の子。
魔物に食べられていたのを
フブキに助けられ、
ともに行動する
ようになる。
ジライヤ
フブキの従魔。
三頭の中ではお兄さん
ポジション。

主な登場人物
Main Character
牧野《まきの》奏多《かなた》
ユキネの親友。
実はネット小説や
ゲームが好き。
笹橋《ささはし》雪音《ゆきね》
フブキの幼馴染。
離れ離れになって
しまった彼の身を
案じている。
ダーレン
シャールの町に魔道具を
卸している錬金術師。
実はある秘密が
あって…
竹中《たけなか》勇真《ゆうま》
フブキを魔法陣から
突き落とし、異世界で
はぐれさせた
少年。

目次

第一章　ロモン公国

ラシアナ大陸の北西の端にあるヴァレンシ共和連合という獣族の国で、小人族のウォルローフ＝ミミテステスという面白い学者先生と出会えた。おかげで、この世界の二級管理神であるフェスティリカ神と会遇《かいぐう》することができた。

俺、天坂《あまさか》風舞輝《ふぶき》は、一緒にこちらに召喚された幼馴染《おさななじみ》の笹橋《ささはし》雪音《ゆきね》たちを探しに、この大陸の南東にあるスーレリア王国を目指している。

俺たちを呼んだのは、そのスーレリア王国らしい。この情報は、フェスティリカ神が教えてくれたものだ。

ヴァレンシ共和連合ではいろいろあったが、ラシアナ大陸に渡って二つ目の国、ロモン公国にたどり着いた。

ロモン公国は今、隣国のフェスカ神聖王国との関係が悪化しているせいで、国境を越えるのにも様々な手続きが必要だった。

それもこれも、フェスカが〝人族至上主義〟とかいうふざけた理念を掲げ、近隣諸国に迷惑をかけているせいだ。獣族狩りとか種族差別な行いをしているため、獣族のルーナを連れている俺たちは、あちこちで心配されている。絶対フェスカに近づかないようにしよう。

◇◇◇

ヴァレンシ共和連合の国境の町ゼテルと向かいあうように存在するロモン公国側の国境の町は、頑丈《がんじょう》そうな石壁に囲まれていた。

まっすぐ延びた街道に繋がる正面には大きめの門が、その左右には小さめの門が一つずつあった。

今はどちらも閉まっている小門だが、右側の門扉《もんぴ》には装飾が施されており、シンプルな左側に比べて豪華な造りになっていた。

右側はきっと、貴族や金持ちといった偉い人専用なのだろう。

中央の大きな門は、獣車や荷車が余裕ですれ違えるくらい幅が広い。

門には兵士が立っており、壁の上にも兵士がいた。

門の高さは四メートルほどだが、壁の高さは六～七メートル。場所によってはもう少しありそう。

門から続く通りの向こうにもう一つ壁が見えるが、そちらの方がさらに高いようだ。《アクティブマップ》をオンにして周囲を確認すると、町には二重の壁があることがわかった。

こういうのって、大体身分で居住区が分けられてるんだよな。以前立ち寄ったテルテナ国のブルスやエレインとかも区分けされていた。

ヴァンカもそうだったし、都市の構造としてあるあるなんだろうな。

門の前にはあまり人がいない。町を出る獣車が二台ほどあるが、入っていく方は徒歩の人が数人いるだけだ。待たなくていいのはありがたい。

門に立つ兵士に身分証を提示するように言われる。なんか、じっとルーナを見てから、俺を睨《にら》んでくるんだが……

だが、ルーナの冒険者ギルドカードを見た途端、表情から険《けわ》しさが取れた。

「へえ、ちゃんと冒険者登録してるのか。しかも七級《カッパー》とは驚いた。獣族の子供をさらってきて、子供だから身分証がないと、平然とうそぶくやつらもいるんでな。んん、許可証もあるのか」

ギルドカードだけではなく、通行許可証も見せたが、さらにどこかの町でもやった水晶玉に手を置いての簡易チェックもさせられた。前のときも何かは教えてもらっていない。犯罪歴でもわかるのかな。

「最近は、ヴァレンシから獣族がやってくることは少ないんだ。特に子供は出国許可が下りないことも多い。フェスカの奴隷狩りや拐《かど》かしのせいでな」

ルーナは子供でも戦闘力があり、冒険者七級としての実力もあるから、ルーンのセッテータギルドマスターの推薦状で問題なく許可証が発行された。

通行許可証を確認してから、何やら上に合図を送る兵士。門の上にいる兵士と何か合図を送りあっているようだ。

多分、上の兵士は遠方の見張りを担当していて、俺たちが街道を進んできたのを見ていたのだろう。

兵士は通行許可証とギルドカードを返却しつつ、俺たちに声をかける。

「ようこそ、国境の町ルマーナへ。最近はこのあたりまでフェスカの手が伸びてきているので、十分注意してくれ。各門の横には必ず憲兵の待機所がある。怪しいやつに襲われそうになったら逃げてくるんだぞ」

「ありがとう、気をつけるよ」

「うん、気をつけるね」

兵士に返事をした俺とルーナは、入国審査を終えて、ようやくルマーナの町へ入った。ちなみに、俺たちが入れるのは外周の部分だけだった。二重の壁の中は貴族街になり、許可のない一般人は入れないそうだ。

『フブキは人攫《ひとさら》いやって疑われとったんか？』

町中《まちなか》を進みながら、ツナデが念話で聞いてきた。

「あー、そうみたいだな。でも、それだけ獣族のことに気を配ってくれてるんだよ。獣族が行き来しにくいのも、心配してくれてるってことだろうから」

町並みを眺めつつ、冒険者ギルドを探して通りを歩く。門から続く大通りだからか、足元は石畳《いしだたみ》でしっかり舗装《ほそう》されていた。

石壁に石畳《いしだたみ》、建物も石材が多く使われている。

どうしても跳《は》ねるように歩いてしまうオロチマルが、跳《は》ねないように一歩一歩ゆっくりと歩く練習をしていると、そのたびに「チャッポ、チャッポ」と変な音が鳴る。

ヴァレンシ共和連合ではレンガは少なかったから、なんだか新鮮だ。

そういう技術があるのと、それを作るための原料が豊富なんだろうな。

ロモン公国は海はないが、山は多そうだ。ここルマーナの町も、断絶の山脈とオレイン山が近い。

オレイン山と言うけど、どう見ても一つの山じゃなくて山脈系だもんな。

そういえば、ロモン公国は南も中央山脈に接しており、山林系の原料に恵まれているのだと、ウォルローフ先生が言っていた。

そして、〝錬金術〟の発展している国だそうな。てっきりテイマーの国だと思っていたよ。

テイマーが多いのも、そもそもは錬金術師が作り出した、モンスターを従わせる魔道具〝従魔の印《しるし》〟があったからこそらしい。

この〝従魔の印〟を使っていたブリーダーが《従魔契約》や《意思疎通》のスキルを取得し、テイマーに転職できたことが、テイマーが増えるきっかけだったそうだ。

ロモン公国に来たのは、スーレリア王国へ向かうためでもあるが、ちゃんとした《錬金術》を学ぶことができたらとも思っている。ウォルローフ先生にもらった錬金術の本は、入門書的な本だったので、次の段階についての知識が欲しい。今のところ完全に自己流なのだ。

現在、ロモン公国の錬金術師のレシピや錬金術の本は、国外に流出しないよう管理されていて、新たに手に入らなくなっている。それもこれも全部フェスカ神聖王国が原因だ。フェスカがロモン公国にいろいろちょっかいというか迷惑をかけたせいで、レシピだけではなく、錬金術師の居場所さえ秘匿《ひとく》されているのだとか。

今、ロモン公国の錬金術師は表には出てこないらしい。

「あ、あそこ」

『冒険者ギルドやで、フブキ』

「ああ、ありがとう」

考え事しながら歩いていたから見逃すところだった。ルーナとツナデに助けられた。

ここの冒険者ギルドでは、移動の手続きと情報収集だな。国が変われば、公開されている情報も異なるだろう。

「ちょっと時間がかかると思うけど、ジライヤとオロチマルは外で待っててくれ」

『わかった』

『にーにと待ってるね』

珍しくオロチマルの聞き分けがいい。みんなで空を飛ぶのが楽しかったのか、ご機嫌が続いている。俺たちを安全に乗せるために、自ら歩き方の練習もしていたしな。

冒険者ギルドって、建物の形は違っても、中はどこも一緒……ではなかった。

建物を入って右手には依頼ボード、そして正面には職員が並ぶカウンター。そこまでは同じだったが、ここには酒場が併設されていなかった。

左手には二階に続く階段があった。冒険者も自由に上がれるみたいだ。

ルマーナの建物は三階から五階建てが多く、この冒険者ギルドは四階建てだった。

ヴァレンシではあまり高い建物がなかったから、一階に酒場が併設されていたけど、ここはもしかして二階に酒場があるのかな。

ぐるりと中を見回しつつ、カウンターへ向かう。時間帯のせいか人が少ないので、待ち時間が少なくて助かる。

「ようこそ、ルマーナ冒険者ギルド西支部へ。見かけないですが、こちらは初めてで?」

ちょうど人が途切れたようで、カウンターの右端にいる職員が俺に声をかけてきた。そのまま、まっすぐ進み用件を伝え、俺とルーナのギルドカードを差し出す。

「ああ、ヴァレンシから移動してきた」

やはりルーナのギルドカードを見て驚いていたが、この職員は声には出さなかった。

移動手続きを終えたあと、この周辺の事情について教えてもらえるようなところはないかと聞いてみた。

「エバーナ大陸出身ですか。テルテナ、ヴァレンシと移動してこられたのなら、このあたりの事情に明るくなくて当然でしょう。四級冒険者で、ルーンとローエンのギルドマスターのお墨付きがありますから、資料室の入室許可を申請されてはいかがですか？　ご希望されます？」

なんと、ここの冒険者ギルドには許可制の資料室があるのか。早速申請したらすぐ許可が出た。

「階段を上がって通路すぐ左の扉です。中にいる司書に欲しい情報を尋《たず》ねてください」

「ありがとう」

差し出されたギルドカードと資料室の閲覧許可証を受け取り、ギルドカードを首からかけようとしたとき、カードに見慣れぬ表示が増えていることに気がついた。

賞罰／
ルマーナ・未達成

賞罰の項に何か書かれるのって初めてかも。

ギルドカードから顔を上げて、職員を見る。

「途中で資料室の話になったせいで、説明し終わってませんでした。現在ロモン公国内の冒険者ギルドでは、他の町への移動制限がかかっております。依頼での移動は一部可能ですが、そうでない場合は許可条件を満たさずに移動すると、ペナルティーが発生します」

職員の説明はこうだった。

ルマーナの冒険者ギルドで級に見合った依頼を一件、以下なら三件達成しないと、他所《よそ》への移動は認めらない。特別な理由なく移動した場合は、降級もしくは資格剥奪《はくだつ》となり、犯罪者扱いになることもあるという。

それは、フェスカからやってくる、冒険者の皮をかぶった誘拐犯のせいだった。

ギルドカードは、身分証明証だ。ロモン公国内を移動してるのに、どこの町にも寄らず、依頼もこなしていないというのは、怪しいですと言っているようなものだ。

級に見合った依頼というのは、ソロであれば自身の級と上下一つ。俺は四級なので、三から五級の依頼ということになる。それなら一件だが、六級以下なら三件となる。

四級になったときに、七級以下はなるだけ受けないようにしてほしいと言われている。五級になったときの九級以下と違って、絶対ではなく推奨だけどな。どちらにしろ、見習いの依頼を中堅が取っていくのはよろしくないってことで。

ただ、特殊な事情（ウォルローフ先生のときのように、依頼が長期にわたり塩漬《づ》けになっている場合など）があって、冒険者ギルド側からお願いされるならオッケーなのだ。

パーティーの場合の見合った依頼は、メンバーの級の平均値から上二つまでで、下はなし。

俺たちは二人だけだが、一応パーティーだ。ルーナが七級なので、平均五・五級。端数切り上げだから六級となる。そうなると、四から六級までが見合った依頼になり、それで一件、七級以下なら三件の依頼をこなして条件達成ということになるらしい。

とはいえ、条件を達成するために、簡単で日にちもかからないような依頼でさっさと済まそうとしたら、これも怪しんでくれと言ってるようなものだ。

二〜三日ルマーナに滞在して、ゆっくり依頼をこなした方がいいのかも。

依頼受注は急がず後回しにするとして、今日は資料室に行こう。階段へ向かおうとしたら、職員に止められた。まだ話は終わってなかったみたい。

「それとですね」

そこで職員は、カウンターに身を乗り出し気味《ぎみ》に、声のトーンを落とす。

「妹さんですけど、そのままはよくないですよ。今のロモン国内では、最低限耳と尻尾《しっぽ》を隠すようにされた方がいいです」

ここでもルーナのことを心配された。

「あ、ああ。そうだな、何か考えるよ」

とりあえず鞄《かばん》から出すフリをして、ルーナのポンチョを《アイテムボックス》から取り出し羽織《はお》らせた。フードをかぶせれば耳も尻尾《しっぽ》も隠れるだろう。

フードは耳が聞こえにくくなるので好きじゃないようだが、とりあえず町中《まちなか》ではかぶってもらうことにする。

成長というか、種族進化で背が伸びた分、ポンチョの丈《たけ》がちょっと短いな。服は買い換えたが、ポンチョはそのままだ。あ、ツナデのもサイズ合わないじゃん。

受付カウンターで結構時間を取ったが、ジライヤたちには時間がかかると言っておいたから、そのまま二階に上がる。

二階に酒場はなく、廊下の両側に扉がいくつか並んでいた。すぐ左と言っていたのでその扉を開けると、二十畳ほどの広さの部屋で、扉の横にカウンター、三方が棚になっていた。学校の図書館のようなものを想像していたのだが、そこまで広くない。一応中央に、閲覧者用であろう六人がけのダイニングテーブルみたいなものが置かれている。

棚の中は本ばかりでなく、板を束ねたものや巻物のようなものもあって、なんとなくグチャッとした印象だ。あれ、ウォルローフ先生の書斎とどっこいどっこいかも。先生の蔵書数って、もしかしてすごかったのかな？

「お客さんだ、珍しい」

声に振り向くと、カウンターの奥の扉から、若い男性と初老の女性が現れた。

「閲覧許可証は？」

若い男の方に言われ、手にしていた札を渡す。

「へえ、中級許可証だ。兄さん若いのに優秀なんだね。僕はここの司書のアレン。彼女はフレーア司書長だよ。知りたいことを僕たちに尋《たず》ねてくれたら目的の資料を探してあげる。あ、字読めるよね？　読めなきゃ代読するよ、有料だけど。資料はラシタリア文字と旧大陸共通文字がメインで、たまに魔法言語だよ。新しいものはラシタリア文字で書かれていて、二百年くらい古いものは旧大陸共通文字で書かれているものが多いんだ」

息継ぎ少なめで畳みかけるように喋《しゃべ》るアレンと名乗った司書に、返事を挟む隙《すき》もなく説明を受けた。

彼はちょうどカウンターの上に置いてあった本を、何冊か広げる。

ラシタリア文字は、ヴァレンシ共和連合で見た文字だ。旧大陸共通文字は、エバーナで見た文字と似ているが、微妙に違うようだ。多分テルテナ国で使われていた文字は、旧大陸共通文字が元になってるんじゃないかな。

最後の魔法文字はぱっと見、ミミズがのたくったようなところもあるし、なんだか模様みたいで読めないな。

『スキル《言語理解》のレベルが上がりました』

はい、読めるようになりました。

ウォルローフ先生にもらった本には、魔法陣は載っていても、魔法文字は載ってないと思っていたが、そもそも魔法陣の中に書かれているのが魔法文字だったんだな。あれ、図形じゃなくて文字だったのか。形が何かを表している、地図記号のようなもんだと思ってたよ。

魔法陣に書かれているのは単語だけで文章になっていなかったのだが、こっちは文章になっていて……うん。俺が文字として認識してなかったせいだ。

「ああ、大体読めるよ」

返事をした途端、二人が驚いて俺を二度見した。

「え、読めるって？　この魔法文字が読めるの？」

あ、何かまずかったかもしれない。

「あ、ああ。ついこの間まで、ウォルローフ＝ミミテステスっていう学者先生に師事してたんだ。全部ってわけじゃないけど……」

ウォルローフ先生、ごめん。

「へえ、ウォルローフ＝ミミテステスって『神域と結界効果』の著者だよね。確か、今はヴァレンシ共和連合のヴァンカに住んでるんだっけ。本はここにはないけど、公都の中央図書館で見たことあるよ」

おお、ウォルローフ先生は有名人だった。

「アレン、おしゃべりはそれくらいにしなさい。あなた、調べたいことがあるのでしょう。何をお探しかしら」

興味津々《しんしん》でカウンターに乗り出してきたアレンを押さえ、後ろから司書長のフレーアさんが声をかけてきた。

「ええっと、とりあえず周辺諸国の特徴と情勢、それとスーレリア王国について知りたいんだけど」

「そういうのは、資料ではあまりないわね」

「知りたい？　そういうの知りたい？　だったら教えてあげるよ、有料だけど」

アレンが嬉々として言う。フレーア司書長は一瞬困り顔をしてから俺を見た。

「残念だけど、そういうことになるわ。代読と同様、四半刻《三十分》五十オルよ」

三十分五十オルってことは、時給千円ってとこかな。まあ家庭教師として考えたら安いよな。

資料室の使用料は保証金込みで一人一刻《二時間》百オル。資料の破損等がなければ八十オルが返金される。

資料の貸し出しはなく、この場で閲覧するだけなのに、許可がいる上に有料ときた。今まで資料とか本とかは、ウォルローフ先生のところでしか見たことなかったが、随分と貴重で高価なんだな。

印刷技術が発達していないのか、もしかして本を増やすには写本しかないのかな。

一応、ルーナと二人分の使用料として、二百オル支払う。ツナデは従魔なので不要……というか、従魔連れで資料室に来る人はいないため、従魔の規定がなかった。そもそも文字の読める従魔がいないからな。

うちの子は、オロチマル以外はテルテナの文字とラシタリア文字が読めるよ。オロチマルだけ読めないのは《言語理解》のレベルが一つ低いからだと思うけど、もう一回進化するかスキルレベルが上がれば、きっと読めるようになるはず。なるよね？

「じゃあこっちに座って座って」

カウンターを回って部屋の中央にあるテーブルに移動したアレンは、椅子に腰かけて、俺に対面の席を勧めてきた。

俺とルーナが並んで座るが、ツナデは俺の背中に張りついて肩越しに顔を覗《のぞ》かせる。

「スーレリア王国はねえ、ちょっと変わった国なんだ。人族の国なんだけどそもそもあの場所には女神のダンジョンがあったとされててね」

そんな感じの出だしで、アレンの話は始まった。

大体千年前に、とある冒険者パーティーが、長い年月をかけて女神のダンジョンを攻略した。

踏破された女神のダンジョンは消滅したが、跡地にその冒険者が国を創り、パーティーリーダーだった騎士は初代王となったと伝えられている。

冒険者に国が興《おこ》せるのかと思ったが、家督を継げない貴族の子弟が冒険者になることは珍しくないのだそうだ。件《くだん》のパーティーリーダーも、貴族の子弟だった。

女神のダンジョンを踏破したその冒険者パーティーは、ダンジョン内でたくさんのアーティファクトと呼ばれる神級の魔術具や魔道具を手に入れたそうだ。

今もスーレリア王国の宝物庫には、たくさんのアーティファクトが収められている。

ただ、アーティファクトは使い手を選ぶらしく、誰でも使えるものではないとのこと。

「女神のダンジョンが消滅したあと、周辺に多くのダンジョンが現れたらしいけど関係性は解明されていないんだ。だけどスーレリア王国には確かに大小様々なダンジョンがあって、その数は他国の数倍だそうだよ。ボクも一度でいいからアーティファクトを見てみたいな。気になるよね、どんな効果があるんだろう？　他のダンジョンから出土する魔道具とはどこが違うんだろうね」

ウキウキと楽しそうに喋《しゃべ》り続けるアレン。魔道具と魔術具ってどう違うんだろうと呟《つぶや》くと、そのあたりも教えてくれた。

「魔術具は魔法もしくはスキルが使えるようになるもの、魔道具はそれ自体が効果を発動するもののことだよ。大抵は一緒くたにされて、魔道具って呼ばれるけどね」

だそうだ。

「生憎《あいにく》どこの国も地図は持ち出し禁止だしスーレリア王国はロモン公国《ウチ》からは遠いから詳しいものはないんだ。それにあそこは先代国王の代から周辺国に侵略行為を繰り返しててね。今は鎖国政策をとっているし。あ、ここ十年ほどは一部の国とは国交があるみたいだけど、国交のない国の方に難民となった国民が流れてて、そっちの方が人の移動は多かったりするからおかしな国だよね」

それは、おかしな国というより、やばい国ではなかろうか。

国民が難民となって逃げ出す国というのは、政治がうまくいってないってこと。〝王国〟なら王政だと思うんだが、よくある王侯貴族が腐《くさ》ってるパターンじゃないのか？

「あとダンジョンが多いから冒険者の出入りは割と緩《ゆる》いって話だけど、ちょっと怪しいよね〜。入る方より出る方が圧倒的に少ないって話でさ。ギルドは冒険者の移動を把握できるよう移動申請を推奨してるからセバーニャやカヴァネスの冒険者ギルドだとその辺りもわかると思うよ。でもスーレリア王国に行く冒険者はダンジョンで一獲千金狙いが多くて、ダンジョンから帰ってこないってこともあるだろうし。どういう理由でスーレリア王国から帰ってこないのかは……ふっ、ねえ」

アランは可愛《かわい》く微笑《ほほえ》んでいるつもりかもしれないが、黒い、黒いぞ笑顔が！　そして息継ぎが少ない。

　この世界のダンジョンが、俺の想像するような、いわゆる日本のゲームかラノベにありそうなモノなら、帰ってこない冒険者はもうこの世とオサラバしてるってことだよな。

『イエス、マスター。この世界のダンジョンは、地上よりもモンスターとのエンカウント率が高い迷宮です。ダンジョンにより、モンスターの強さや数は様々で、その発生機序にもいくつかパターンがあるようです』

　前にフェスティリカ様が〝大迷宮〟ってところに神域があるって言ってたから、神様が迷宮を作るパターンもあるってことだよな。でも、他にどんなのがあるんだろう？

「……って、僕の話聞いてる？」

「あ、ああ。ちょっと考え込んでた、すまん」

「で、町の数とか位置だけじゃなくダンジョンの数と位置もスーレリア王国から帰ってくる冒険者から聞き取りするんだけど、あそこのダンジョンって踏覇してダンジョンコアを取り出しても、しばらくすると近くに新しいダンジョンができたりするらしいんだ。他の土地ではダンジョンが踏覇されて消滅しても、近くに新しいダンジョンができるってことはないんだよ。あの国の土地は呪われてるって説もあるけど、どこかに魔素の湧《わ》き出すポイントとかがあるんじゃないかって僕は思うわけ。魔素が湧《わ》き出すのを女神のダンジョンが抑えてたんじゃないかな。それを消滅させちゃったからダンジョンが湧《わ》くんだよ。でね、新しいダンジョンができたら町もそれに合わせて移動するらしくて数十年単位で町の位置が変わるんだとか」

僕は思うって、それはアレンの見解であって事実じゃないよね？　どこまで信じていいんだろう。

テレビもネットもない世界の情報なんてそんなもんだろうか。

『ダンジョン発生に魔素が必要であることは間違いありません』

んー、外れてはないけど、それだけじゃないってことかな。

しかしよく喋《しゃべ》るな。聞いてるこっちの喉が嗄《か》れそうな気がする。

鞄《かばん》からコップとライモン水の入ったペットボトルを取り出し、半分注いだコップをアレンに差し出した。自分のは直飲みするからコップはいらない。

「え、くれるの？　ありがとー。んん、冷たくておいしー」

冷えたライモン水をぐびぐび飲むアレン。俺はペットボトルに口をつけてぐびっと飲んだ。

それを見たルーナとツナデも、自分たちのリュックからビタン水を取り出した。その日によってオラージュ水だったり、蜂蜜《はちみつ》ライモン水だったり、彼女たちのリクエストに応じている。

ツナデが俺の頭の上でペットボトルのキャップを開けた。

「こぼさないでくれよ」

『そんなへま、せーへんって』

「あー本当はここ飲食禁止なんだけどねー」

……おい。差し出したのは俺だけど、最初に飲んだのはお前だぞ。

振り向くと、カウンターの向こうで司書長が肩を竦《すく》めて首を横に振っていた。

諦《あきら》めてる？　もう諦《あきら》めてるのか？

俺は一口飲んだペットボトルの蓋を閉め、鞄《かばん》にしまった。ツナデとルーナも自分のリュックにしまう。

ツナデは長い尾と足で俺の背にしがみついたままなのだが、リュックを背負い直したりするのは降りてやっていいんだぞ？

ライモン水を飲んで一息ついたアレンは「ちょっと待ってね」と立ち上がり、棚から巻物を手にして戻ってきた。

巻物を広げると、そこに書かれていたのは地図だった。内容はウォルローフ先生のものより簡素というか雑というか、精度が低いものだった。ウォルローフ先生の地図は、実際に大陸を回っていたご先祖から引き継がれたものだったからな。

「ここからスーレリア王国に行くならねえ」

アレンは地図を指差しながら、説明を再開した。

「スーレリア王国と国境を接しているのは北西のセバーニャと北のカヴァネス、南のメッテリの三国だね。セバーニャは今は国交がないから国境越えは厳しいな。冒険者なら入れるとはいえ審査があるし入国時に入国税が冒険者であってもとられるよ。カヴァネスとは今のところ国交があるけど、これもいつまで続くか怪しいところだね。南のメッテリ国はスーレリアの属国だから出入りはしやすい。でもメッテリに行くには中央山脈を抜けるか海路だから距離的には大回りしなくちゃならない。それにメッテリから入るには審査はないものの、こちらも入国税を取られる。後は中央山脈からスーレリアに入る方法がある。こちらは山伝いに移動だからモンスター遭遇率が高くて危険。ただお金は取られないよ」

ロモン公国からまっすぐスーレリア王国に向かうには、途中カーバシデ、ニーチェス、セバーニャと三国を通過することになる。それが面倒なら、中央山脈を超え南央平原を行く方法がある。南央平原はどこの国にも属さないが、間違ってエルフの森に入るとややこしいから、そこは気をつける必要があるそうだ。エルフの森はエルフの結界魔法が張られていて、別名「迷いの森」と言われ、生きて出られないこともあるそうな。

この〝こともある〟っていうのが微妙。迷っているうちに外に出られることもあるので、出られたらラッキーなのだとか。

エルフの森は今、他種族とは完全に交流を断っている。ちなみに他国で見るエルフは、迷いの森以外の出身のエルフか、迷いの森から外に出て戻れなくなったはぐれエルフなんだそうな。

他にも細々《こまごま》とした話を聞いたが、アレンはほぼ一時間喋《しゃべ》りっぱなしだった。

こっちは話を聞いていただけなのに、なんか疲れた。

当然百オル請求されたので支払ったよ。

他にも調べたいことはあったけど、ジライヤたちを外で待たせているため、一旦はこれで終わることにした。

ついでに、おすすめの宿がないか司書長に聞いてみた。厩舎完備で大型従魔と一緒に泊まれる宿が、各門の近くにあるのだそうな。

俺たちが入ってきた西門よりも、南門の方が冒険者ギルドに近いというので、今日はそちらにある宿を取ることにした。


「へえ、結構大きい宿だな」

宿は長屋のような見た目で、上から見るとロの字型をしている。その一辺にトンネルがあった。そこが受付になっていて鍵をもらう。

ロの字の内側に大型従魔や車ごと入れる扉があって、その先が客室だった。部屋の中は十二畳ほどの土が剥《む》き出しのフロア。端っこに寝わらが積み上がっている。

一部ロフトのよう……というより、ほぼ二段ベッドの上だけみたいになっていて、梯子《はしご》をあがるとそこにはベッドが置かれていた。クイーンサイズっぽいので、二人は寝られるようにはなっている。

従魔と泊まれる部屋ではなく、厩舎の中にベッドを持ち込んだだけのような感じもする。

人数じゃなくて一部屋の値段だから、安いっちゃあ安い。従魔の種類によっては、主から離さない方がいいタイプもいるんだろう。どっちかっていうと、離すとヤバいタイプかな。うちだって、いくら従魔の印をつけていても、最大サイズのジライヤが俺《テイマー》なしでいると怖がられると思う。

宿というか厩舎がこれだけ広ければ、余裕でキッチンカーが出せるかな。車二台分くらいの広さがあるから、キッチンカーを出しても、ベッドの下のスペースを含めて、ジライヤとオロチマルの寝床には事足りる。

冒険者ギルドの資料室でもう少し調べ物がしたいけど、みんなには退屈だろうからそれは俺だけでいい。調べ物の前に、みんなが近場でできそうな依頼を探しておいた方がいいかな。調べ物の後だと、ろくな依頼が残ってないかもしれない。

級に見合ったのを一つか、下のを三つにするかは、出されている依頼次第だけど。


チャチャが夕食の準備に入ったので、待っている間にみんなに明日の予定の相談を切り出した。

「明日はもう少し調べ物をしに冒険者ギルドに行くけど、みんなは宿で待ってるか？　調べ物とついでに依頼探しもしてくるから、時間がかかると思う。今日みたいに冒険者ギルドの前で待つよりいいだろう」

俺が調べ物をしている間、ジライヤたちは外で待っているだけだから退屈だろう。宿で待っているのも似たようなものかもしれないけど、人目がないからましかなって思う。

俺の提案に、ツナデとルーナが顔を見合わせて頷《うなず》き合った。

「依頼探しはツナデとやるから。受けないとダメなんでしょ」

「そや、ウチらだけで依頼済ましちゃるで。フブキは調べもんしとったらええし」

『オレは、ルーナたちの護衛する』

『ボクも、にーにたちと一緒にギュアッってしてバーッってしてドーンッってする』

最後のオロチマルは、擬音《ぎおん》だらけでわかりにくいが《叫声《ギュアッて》》して《強襲《バーッて》》して《烈脚《ドーンッて》》するコンボ技のことだろうな。

「いや、ルーナたちだけじゃ町の外に出られないぞ？　特にルーナ」

獣族の子供一人って絶対ダメなやつだし、ジライヤたちも俺の従魔だから、俺なしで門は通れないから。

「えー、お宿でお留守番はつまんないー」

「あかんのか？」

うーん、一旦全員で出かけても、絶対退屈するよな。依頼探しをルーナとツナデに任せて、ジライヤは小さくなればギルドハウスに入れるだろうけど、そうすると残されるオロチマルがなあ、絶対拗《す》ねる。

それに、ルーナについてあちこちから注意されてるからなあ。

たとえ町の中で、ツナデとジライヤがついていると言っても、ルーナを一人にするわけにはいかない。

獣族の子供一人だと〝拐《かどわ》かし〟に遭《あ》う危険がある。それは町の中よりも外に出たときだよな。

ジライヤたちと一緒にいれば、さらわれることはなくても、相手の方に命の危険がありそうだ。

返り討ちにする姿が目に浮かぶ。かえって騒ぎが大きくなるだろう。

犯罪者相手だとしても、テルテナ国で盗賊を斃《たお》したときのように、短時間で解放されるとは限らない。あのときは、ベテラン冒険者のケルタさんたちが一緒だったし。

早々にルーナの見た目を誤魔化《ごまか》せるようにした方がいいだろうな。

というわけで、ルーナの変装（？）衣装を作ることにした。冒険者ギルドの職員の言葉通り、隠すべきは尻尾《しっぽ》と耳だ。

幸い豹の尻尾《しっぽ》は狼や犬獣族と違い、ふさふさしていない。尻尾《しっぽ》は服の下に仕舞い込む形にすれば問題ないだろう。

尻尾《しっぽ》がまるまる入るくらいの長細い袋をタオルで作って、腰のあたりに巻きつける。その上から裾《すそ》を長めにしたチュニックを着れば、全く見えない。長袖のチュニックを買い直したときに、ちょっと大きめのを選んでおいてよかった。

問題は耳だ。兜《かぶと》タイプの防具だってあるのだから、かぶりっぱなしでも変じゃないよな。

人族なら顔の横に耳があるので、耳がないことを隠すには顔の横が見えてはいけない。ニットキャップに耳当てがついたような形なら、顔のラインが隠せるのではないだろうか。

防具ですよというアピールをするため、素材は布ではなくて、革の方がいいか。

外側はグレーウルフで内側にホーンラビットという俺の革鎧……じゃなく、しまったままのルーナの革鎧を〈複製《デュプリケイト》〉したものを材料に、《錬金術》で帽子を作ってみたのだが……

「耳が聞こえない……」

最初は嬉しそうに帽子をかぶったものの、耳閉感《じへいかん》があり嫌そうにするルーナ。やはり、問題は頭の上のケモ耳だった。帽子をかぶると音が聞こえないようだ。

革で作ったせいか、見た目が耳当て付きニット帽というより、ミリタリーショップで見たフライヤーズハットに近い形になった。ニットと違って編み目の隙間《すきま》がないから、聴覚妨害してるよな。

あ、フライヤーズハットって、耳のところに穴が開いてなかったか？　小さい穴をいくつか開けてみれば、聞こえもよくなるんじゃないか。

人間なら横だが、ルーナの耳の位置に合わせて上の方に穴を開ける。あと、耳を潰《つぶ》さないように少しトンガリをつけてみた。うーん、この形だとかえって獣族仕様ですといってるようなもんか。

そうだ。形を誤魔化《ごまか》すために、てっぺんに大きいリボンをつけてやろう。防具にリボンの装飾なんて普通はしないだろうけど、子供用ってことで。リボンは革じゃなくって、何か布……布はっと……この服の布地でいいか。赤いリボンだと派手で目立ちそうだから、暗めの色で。

『スキル《細工》のレベルが上がりました』

んん、《錬金術》ではなく《細工》のレベルが上がった。リボンを縫《ぬ》いつけたりしたからか？

まあいいや。

ともかく、完成した帽子をルーナに渡した。

「これでどうだ？」

「さっきより聞こえるようになった」

「じゃあ、これでいいかな。邪魔かもしれないけど、外では絶対脱いじゃあダメだぞ。誰もいないと思っても、どこで誰が見てるかわからないからな」

「……うー。わかった」

可愛《かわい》さの全くないフライヤーズハットが、てっぺんのリボンでなんというか……可愛《かわい》いということにしておこう。ついでに耳垂れのところに、小さい蝶々《ちょうちょ》リボンをつけてみた。

リボンをトグルがわりにしてループを引っかけると留めることができる。

今の季節は防寒具として使うには早いかもしれないが、寒くなればいいかもしれない。

ついでに自分の帽子も作っておこう。

「さあ皆ちゃま、おちょくじがちゃめまちゅよ」

チャチャは、ルーナの帽子が完成するまで夕食の提供を待っていてくれたのだが、ほぼ作業が終わったのを見計らって、テーブルにいろいろ並べてくれた。自分の帽子は食後でいいか。

「じゃあ、食事にするか」

「はーい」

すでにオトモズは準備完了で、各々の食事の前で待っていた。うちの子たち、なんてお行儀《ぎょうぎ》がいいんでしょう。

若干一名はよだれがすごいことになってるので、俺は急いで席につく。〝待て〟は指示してない

のだけど、全員揃って「いただきます」をしないと食べないのだ。

俺が食事前に「いただきます」を言っていたら、いつの間にかみんなも言うようになった。

「お待たせ、オロチマル」

『まま、食べていい？　食べていい？』

「ああ、いいぞ。いただきます」

『『「「いただきます」」』』

今日の夕食には、この前ルーンの朝市で購入した野菜が使われていた。

似ているようでも、その土地土地で微妙に違った食材がある。俺にはよくわからなくても、チャチャが調理してくれたものを食べると、その味や食感から日本風のアレンジレシピが思いつく。

元々作れる料理のレパートリーはそんなになかったんだが、これって《家事》スキルのおかげだと思うんだ。《家事》スキルはレベル6もあるけど、チャチャは俺に家事をさせてくれないので、宝の持ち腐《ぐさ》れだな。

「そういえば、チャチャってウォンタウ島のオスンテス国のウルフェン村出身というか、そこの家にいたわけだけど、チャチャの作るオリジナル料理って、オスンテス料理ってことになるのかな？」

「違いまちゅよ。以前は他のばちょにいまちたから、いろんなところのレチピを自分なりにアレンジちてまちゅ。家主ちゃまにいただいた調味料もちゅかってまちゅち」

おお、そうでしたか。

「レチピは家主ちゃまのお口に合うよう、日々研究ち、変えていっておりまちゅ」

家精霊、ハンパねえな。チャチャの作るご飯が美味《おい》しいわけだ。美味《おい》しいものは身体だけじゃなく心も満たしてくれるよな。

だから、移動した先でその土地の食材を買うのが楽しみ。どんな料理が食べられるかなって思う。チャチャの作った美味《おい》しい食事をいただいて、食後に自分用の帽子も作った。俺のにリボンはつけてないぞ。


翌朝、結局なんだかんだと言いながらも、冒険者ギルドには全員で行くことになった。しかし、途中でチャチャと市場に寄るつもりである。

ただ、朝食中にチャチャと朝市に行く話をしていたら、ルーナがツナデと二人で先に冒険者ギルドへ行くと言い出した。

「フブキとチャチャに付き合ってると長いもん」

まあ、そのために変装衣装を作ったんだけどな。だけど子供の一人歩きは……ん、フード付きポンチョを着れば、ツナデが人族に見え……ないな。ポンチョが小さすぎて、お腹から下が見えてるから。結局、ツナデとルーナはジライヤに乗っての移動だ。この方が安全だ。

宿というか厩舎は延泊する手続きをしたが、誰かに見られたら困るので、キッチンカーは《アイテムボックス》に収納した。この宿に入ったときは、車を牽《ひ》いてなかったからね。

「じゃあ、出かけるぞー」

そしてルマーナの町の朝市を冷やかしつつ、冒険者ギルドに向かう。

言っていた通り、ルーナとツナデがチャチャと俺の移動速度を待てずに先に行く。俺たちの移動速度っていうか、完全に立ち止まってるんだけどな。

ジライヤは二人を乗せていったが、オロチマルは俺と一緒にいる。素直に横を歩いているのだ。

一応鞍《くら》をつけて手綱《リード》は持っているよ。

『ままとお散歩、楽しいな～』

一人だけお散歩気分だった。

いくつか新鮮な野菜やオイル漬《づ》けの茸《きのこ》などを買いつつ、ルーナに遅れること十五分ほどで冒険者ギルドに着いた。

チャチャはまだ買い物をしたいとのことで、お金を千オルほど渡しておいた。前回渡したオルは半分以上残ってるそうだが、欲しいものは遠慮せず買ってほしいので渡しておく。

従魔や輓獣《ばんじゅう》の待機所にジライヤがいた。中にはついていかなかったようだ。オロチマルを一人にせずに済んでよかった。

「じゃあ、ここで待っててくれな」

オロチマルをジライヤに任せ、中に入る。どこの冒険者ギルドも、朝の時間はそこそこ混んでいる。獣族がいないのが不思議な感じだ。

ルーナとツナデを依頼ボードの前で見つけて声をかける。

「よさそうな依頼あったか？」

「んー、こっちはいまいち」

ルーナだけだと六級までの依頼しか受けられないため、低い級の依頼を見ていたようだ。

ルーナ一人で受注させてくれるかわからないので、俺が受注した方がいいだろうと、一緒に四、五級の依頼を探す。

「あんまり依頼ないね」

ギルドハウスにいる冒険者たちは、依頼票を手に持ち、受注処理を待っている。他の冒険者に比べて俺たちは来るのが遅めだったようで、よさげな依頼は残っていない。

いや、全く残ってないわけではないのだが、俺たちというか、ルーナたちの目当てが、モンスターの討伐かモンスターの素材納品依頼なんだよ。戦闘必須だった。

そういうのは常設依頼にあったりするので、ちょっと移動する。

「……誘拐団〝女教皇の使徒《ハイプリエステスサーバント》〟？　犯罪集団のくせに、なんつーネーミングだよ」

常設依頼のところにデカデカと貼り出されていたのは、級制限なしの依頼だった。

誘拐団の情報提供、団員の捕縛《ほばく》と討伐（生死問わず）など、とにかくなんでもありな感じだ。

依頼料も級も、得られた情報の内容とかによって変わるので、決まっていない。

「それ、フェスカの獣族専門の誘拐団で、フェスカから密入国してきてる連中なんですよ」

新しい依頼票を貼ろうとした職員が、俺に声をかけてきた。

あ、昨日受付してくれた人だ。

俺とルーナを見てにっこり微笑《ほほえ》む。ルーナの変装に満足したようだ。

「ロモンの国中、どこのギルドでも貼られてますよ。冒険者ギルド以外のギルドでも、注意喚起に貼られてますし。連中は、以前はフェスカとの国境近くにしか現れなかったんですが、徐々に旧ヴァレンシ領経由でこちらの方にも流れてくるようになりまして。さすがに断絶の山脈を越えてヴァレンシ共和連合に向かうことまではないみたいですが、迷惑この上ないですよね」

それで、あっちこっちでルーナを気遣ってくれたのか。

「フェスカの今の教皇って、女なのか……」

「違いますよ」

新しい依頼票を貼りながら、職員の人は説明してくれた。

次期教皇候補が何人かいるそうだが、その中で最有力候補が現教皇の娘だそうだ。

「フェスカの教皇って世襲制じゃなかったはずなんです。というか、そもそもフェスカの四神教の神官は結婚ができないはずなのに、なんで娘がいるんでしょうかねえ」

ウォルローフ先生が「腐《くさ》ってる」って言ってたからなあ。戒律とか自分たちに都合よく変えていたりするんじゃないか。

「この女教皇の使徒も、その娘の私設兵団みたいなものでね。娘の地位が上がるにつれて、やりたい放題ですよ」

この捕縛《ほばく》も最初は〝生死問わず〟ではなかった。だが、他国で犯罪を犯しながら「我が国の聖なる使徒に対して犯罪者扱いとは何事か」と、フェスカ側がイチャモンをつけて賠償請求までしてくる始末。

ロモン公国では、話にならんと交渉はやめ、現在は討伐推奨で、生きたまま捕縛《ほばく》しても、拷問《ごうもん》からの鉱山送り、もしくは死刑コースだそうな。

なにせ洗脳済みのいかれた集団らしく、更生は無理なんだとか。

それはちょっと困るなあ。いくら耳を隠してジライヤたちが一緒に行くとしても、ルーナが心配だ。やっぱり別行動はやめた方がいいかな。

「あ、これがいいかも」

たった今職員が貼り出した依頼票を、ルーナが指差す。

すると、職員が内容を説明してくれた。

断絶の山脈の南端から東側に森が広がっている。ここルマーナの町からだと北方向だ。その森の近くにサフェットという農村があるのだが、ここからだと徒歩で半日くらいだそうな。

最近アイアントゥースモールという魔物が畑を荒らして困っているという。それの討伐……

「って、いやいや、これ時間かかるだろう？　半日じゃ無理だって」

『オロチマルに乗っていったら、あっちゅう間に着くで』

「うん、あっという間」

ツナデに続いて、ルーナまで楽観的なことを言う。

モールってことはモグラだろ？　土の中にいたら、探すのに時間がかからないか？

うーん、半日で終わらなかったら、宿の部屋とゲートを繋いでそーっと戻ってくるっていうのもありかな。

六級依頼なので、パーティーとして受注すれば、これだけでルマーナの移動許可の条件は達成できる。

「じゃあ六級依頼だし、受けるか」

「そうですね。アイアントゥースモールは光を嫌うので大体夜に現れますから、今からサフェット村に向かえば明るいうちに着けて、対策する時間も取れますね」

職員は追加説明をしつつ、今貼ったばかりの依頼票を剥《は》がして、手渡してくれた。

ありゃ、夜じゃないと出てこないってことは、日越え確実じゃん。先に説明が欲しかったよ。でも、受けるって言ったから教えてくれたのか。

「サフェット村に行くなら、一緒にこちらもどうですか」

別の依頼票を剥《は》がして見せてくれる。

〝街道に現れるゴブリン退治〟の依頼票だ。

「このところ山の方から流れてくるモンスターが増えてるみたいで困ってるんです。どうも断絶の山脈のモンスターの生息エリアに変化があったようで、ゴブリンが森から出てきているのでしょう」

この職員、グイグイくるな。ああ、俺が強い従魔を連れているって知ってるからか。

「最低討伐数は十体ですので、通常のゴブリン討伐より一級高めになってます」

ゴブリン討伐は八級だけど、これは七級依頼か。俺の種族レベルが30を超えた時点で、モンスター《M》ランク《R》・Fは経験値が半分、G以下は入らなくなったんだよな。んで、ゴブリンは……

あー、Fか。経験値半分だな。

俺だけじゃなく、ルーナたちも同じ扱いだった。それは《取得経験値シェア》のせいらしい。ナビゲーターが教えてくれた。ゴブリンくらい別にいいんだが。

空を飛んで移動していると見落とすかも……はい。《アクティブマップ》があるので、見落とすことはないです。

この依頼は、受注資格が八級以上で上限がない。駆け出しだけでなく、中堅以上の冒険者も見かけたらやっちゃってくださいというものだ。あれ？　ゴブリンと女教皇の使徒の扱いが一緒じゃないか？　ゴブリン並みにウザがられてるってことか。

依頼元は冒険者ギルドになっている。依頼料はゴブリン討伐分しかないから、依頼というよりお知らせみたいなやつだな。こうやって冒険者ギルドは、冒険者たちに「この辺りにゴブリンが出ますよ」と伝えているのかな。

結局、サフェット村とゴブリンの二つの依頼を受けて、冒険者ギルドを後にした。

「フブキ、調べ物はいいの？」

ルーナが、一緒に冒険者ギルドを出た俺に尋《たず》ねる。

「結構離れたところに行くし、夜までかかるだろうから、一緒に行くよ。宿の部屋の中を〈空間記憶〉しておけば、ゲートで食事時には戻ってこられるだろう。モール退治が早めに終わったら、寝るのも宿に戻ってくればいいしな」

時間に余裕がありそうなら、俺一人戻ってきて調べ物してもいいし。

そういうわけで一旦宿の部屋に戻り、買い物から戻っていたチャチャに出かけることを伝える。

「では、おちょくじをご準備ちてお待ちちてまちゅね」

宿の扉は内側からも鍵がかかる。鍵というか、閂《かんぬき》だけど。

チャチャが料理をできるように、キッチンカーを出しておく。ゲートを繋いで戻ってくるから、誰が来ても部屋の扉は開けなくていいと言っておいた。

移動時間短縮のため、サフェット村まで全員でオロチマルに乗っていこう。ジライヤはまたチワワサイズになってもらう予定だ。

宿の部屋を出る前に扉の手前で〈空間記憶〉をして、鍵をかけて宿を後にする。荷物を残して出かける冒険者はよくいるので、別におかしくないよ。

昨日入ってきた西門ではなく、町の北側にある門を目指した。

ここでも獣族の子供をつれているということで、厳しくチェックされる。

せっかく耳と尻尾《しっぽ》を隠して見た目を人族っぽくしても、ルーナの冒険者ギルドカードには種族が記載されているからな。

冒険者ギルドカードは偽装できないのかな。今度冒険者ギルドの職員にでも相談するか。

さらに、冒険者ギルドカードの賞罰のところが未達成だったせいで、兵士のチェックが入る。これは依頼票を見せることでことなきを得た。

フェスカ神聖王国のせいで情勢が不安定なこともあり、ヴァレンシ共和連合との国境近くの街道を行く人は少ない。そもそも国境越えが厳しくなっている。町を出るときにこんなに時間がかかるのって初めてかも。

ようやく門を出ていくらも行かずに、オロチマルに乗って飛び立った。

そういえば、ルーンでは街中《まちなか》は飛行禁止だったが、他の街でも同様なのだろうか。街中《まちなか》で飛んでるの見たことないな。

『ふんふんふ〜ん、ボ〜クの背中にっ、み〜んなを乗せてっ、飛んで〜くっよ〜』

なんだかその歌、定番になってきてるな。しかし、微妙に毎回節回しが違う。

街道に沿って北に向かうと、断絶の山脈の南端に広がる森が見えた。

そんなに離れていないから、ルマーナの町からでも山は当然だが、森も見える。街道は森の外縁に沿って延びており、職員に聞いたところによると、森の少し東側にサフェット村があるそうだ。

「あ、ゴブリン」

オロチマルが速すぎて通りすぎてしまったが、街道近くにゴブリンの集団がいた。

マップを開くの忘れてたよ。下を見ていたルーナがゴブリンを発見してくれてよかった。

「オロチマル、戻って」

『は～い』

オロチマルは大きく旋回しながら高度を下げていく。

だが速度は全く緩《ゆる》めない。これ、時速百キロメートルくらい出てるよね。高いところを飛んでるとわかりにくいが、地面に近づくと景色の流れが速い速い。

俺たちのステータスじゃ、この速度から飛び降りても問題ない……よな？

『先に行く』

ジライヤがそう言って俺の腕の中から抜け出し、飛び降りた。

そのままグワッと巨大化して着地するかと思ったら、スルッと地面の中に吸い込まれるように消えた。

オロチマルが翼を広げているため、街道に大きな影が落ちていた。ジライヤはその影に降りて、《遁甲》したらしい。

そして、俺たちもあっという間にゴブリンに接近する。オロチマルはゴブリンの手前で急制動をかけ「ピギャッ」とブレスを吐《は》いた。《サンダーブレス》である。噴霧スプレーような《状態異常ブレス》や火炎放射のような《ファイヤーブレス》と違って、《サンダーブレス》は数本の雷が放射線状に放たれる。

何本かは外れるかと思った《サンダーブレス》は、ゴブリンに吸い込まれるように軌道を変えた。ホーミング機能もあるのか。

俺はオロチマルから飛び降りつつ、ククリをするりと抜刀し、《サンダーブレス》の射程外だったゴブリンたちの背後に着地。手前の一番大きなゴブリンの首をはねる。

先の方では、影から飛び出してきたジライヤが《爪連撃》で三匹をあっという間に屠《ほふ》っていた。

オロチマルに乗ったままのルーナとツナデから、四本のスローイングナイフと、魔法による七本の蔓《つる》の槍が放たれた。

オロチマルが地面に降り立ったときには、動いているゴブリンはいなかった。

全部で八匹ほどいたゴブリンはあっさり退治された。どちらかと言えばオーバーキルである。

うち俺が倒した一匹はでかいなあと思ったら、ホブゴブリンだったようだ。特に手強くもなかったので気がつかなかったが、よく見れば一匹だけ腰蓑《こしみの》ではなく革鎧のようなものを来ている。また、錆《さ》びているものの、シミターみたいに反りのある剣を持っていた。反撃される前に倒せば、強さとか関係ないな。

「魔石だけ取って、穴掘って燃やすぞー」

と、一応声をかけたがすでに全員動いていた。

ルーナとツナデが魔石を取り出している間に、ジライヤが穴を掘り、そこに用済みのゴブリンを放り込んで、オロチマルが《ファイヤーブレス》で燃やしている。

俺も二個の魔石を取ったが、ジライヤがすぐにゴブリンを持っていった。

後処理も慣れたもので、みんな素早いな。

ゴブリンを発見してから十分ほどで、俺たちはオロチマルに乗って飛び立っていた。

その後さらに五匹のゴブリンを見つけたので、さくっと退治して改めて目的の村を目指した。これで十匹を超えたから、依頼達成である。


断絶の山脈の南端は、端っこというだけあって強いモンスターは少ないそうだが、見えてきた村はしっかりとした石壁に囲まれていた。

ヴァレンシの村に比べてロモン公国の村の方が防衛に力を入れているのだろうか？

『イエス、マスター。どちらかと言えば一般人でも身体能力が高い獣族は、いざとなれば老若男女がほぼ戦闘員に変わります。人族は非戦闘民が多いため〝住居地の守り〟が必要になるのでしょう』

そうか。まだルマーナの町しか見てないけど、こちらの方が石材が豊富で石工技術が進んでいるだけだと思っていた。だけど、村人が緊急時に戦闘員として戦えるかどうかも関係するんだ。

村や町の造りというか、技術の進歩具合が国によって違うのか、隣接していても情報というか技術交換がされてないのか、なんて考えていたのに、単に種族的なものだったよ。

サフェット村は、山脈の麓《ふもと》に広がる森からは二キロメートルほど離れていた。森から流れ出る川を一部村の堀がわりに利用しており、生活用水としても利用しているっぽい。いや、単に川の横に村ができただけかもしれない。

このあたりは、細い川が何本も山側から流れていて、水が豊富なのかな。

村の西側、森との間は、よく見ればかなりの範囲が畑になっていた。森側だけじゃなく残りの東南北側にも、大小の畑が広がっている。畑は石壁の外だから、モグラの被害は村の中ではなく外の畑か。

村の一キロメートルほど手前で街道に降り、そこからは歩いていく。畑は一応簡易な柵で囲まれていた。

『フブキ、オレに乗る？』

「ありがとう。でもこれくらいの距離は歩くさ」

ジライヤが勧めてくれるが、ここからだと走っても数分だ。ブーツのことを考えずに全速力で走ったら、一分もかからないけど。

今のステータスで本気で走ると、ブーツの損傷がね。〈複製《デュプリケイト》〉できるから替えには困らないけど、こなれるまで時間がかかるし、スニーカーだともっと損耗が激しい。

俺が歩くと言ったからか、ツナデ以外はオロチマルから降りて歩き出した。ただ歩く速度も速いけどな。

サフェット村には東南北に門があったが、東の門は閉まっていた。どっちにしろ一番近い街道と繋がっている南側の門へ向かうから関係ないけど。

門には椅子に座ったお爺さんが二人いた。近づく俺たちの姿を見て、一人が立ち上がる。

「サフェット村に何の用かね」

残りの一人は、紐のようなものをいつでも引っ張れる態勢をとった。紐の先は、門の上部に取りつけられた鐘《かね》らしきものに繋がっていた。

門に屈強な男を置かない、いや働き手の若いものではなく年寄りを置く代わりに、すぐに人を呼べる態勢にしているのかな。

俺は鞄《かばん》から出すフリをして《アイテムボックス》から依頼票を取り出し、胸元からは冒険者ギルドカードを引っ張り出した。

「ルマーナの冒険者ギルドで依頼を受けたんだ」

お爺さんは、俺の依頼票とギルドカードを見て緊張を解いた。

「ほう、うちの依頼に四級冒険者が来てくれたのか。そんな大きな従魔をつれたテイマーだから、ソロなのかい？」

「パーティーだもん」

俺の横で、ルーナが自分の冒険者ギルドカードを差し出した。七級のギルドカードを見て、お爺さんが驚いている。

「ほ、ほうか、嬢ちゃんはすごいんじゃな。どれ、村長のところに案内するんでついてきてくれ」

門番をしていたお爺さんは、村の中に俺たちを引き入れた。

村長の家は村のほぼ中央にある。他よりかなり大きめの、石材を使った頑丈《がんじょう》そうな家だった。しかも家の前は広場になっていた。

案内してくれたお爺さんは、村長の家の扉を勝手に開けて中に入っていった。

「村長、エイブ、依頼を受けた冒険者が来てくれたぞ」

俺もお爺さんに続いて中に入ると、そこはぶち抜きの広いスペースだった。この辺の村長の家は、集会所とか非常時の避難場所を兼ねているようだ。時間を置かず二階から男が一人下りてきた。

「エイブ、村長は？」

「ちょうど畑を見に行ってる。俺が畑まで案内するよ、デク爺さん」

エイブと呼ばれた男は、二十歳すぎくらいの青年だった。昼間っから家にいるってことは……

「村長の息子のエイブじゃ」

と、デク爺さんが紹介してくれた。

「よろしく」

「俺はフブキ、こっちは妹のルーナ」

村長の息子だった。一応冒険者ギルドカードを見せる。

「テイマーですか。ハヌマーンにクルカン？　従魔は、このあたりではあんまり見かけない種族ですね」

そう言いながらカードを返してくれた。

ロモンはテイマーが多いそうだから驚きはしないが、ジライヤたちの種族を確認して首を捻《ひね》っていた。従魔が多いと言っても、ほとんどが騎獣系か輓獣《ばんじゅう》系だ。それにジライヤたちはエバーナ大陸の生まれだから、ラシアナ大陸では珍しい種族なのかも。

「じゃあ、ワシは戻るな」

「ああ、デク爺さん、ありがとう。それじゃあ、畑に案内します」

全員外に出たが、家の前で待っていたジライヤとオロチマルに、エイブさんはギョッして身体をびくつかせた。

「お、大きいんですね、フブキさんの従魔……」

エイブさんは、もっと小さいのを想像していたのかな。

「こ、こっちにどうぞ、ついてきてください」

そそくさと足を進めるエイブさんの後をついていくと、彼は村の西側に向かっていった。

西側には門がないと思っていたが、横幅三メートル高さ二メートルの両開きの扉があった。門番もいないし、西側の畑へ出るための扉のようだ。

エイブさんが扉に手をかけて振り向く。

「ここの鍵は、村長と西の畑の作業を任されている数人が持っていて、普段は鍵をかけています。

今は親父たちが畑の様子を見に行っているので開いてますが、いつもは閉まっているので、出入りするときは北か南の門に回ってくださいね」

扉を開けると、十メートルほどは何もない更地で、その向こうに畑が広がっていた。

「親父、依頼を受けた冒険者が来たよ」

「エイブ、こっちじゃ」

畑にはエイブさんの呼びかけで振り向いた男性の他、数人が固まって立っていたが、畑の中で作業する人もいた。

近づいてきた壮年の男性が名乗る。

「ワシが村長のカシムです」

「フブキです。妹のルーナと、後ろの三頭は俺の従魔です」

村長は、ジライヤとオロチマルを見て少し顔をこわばらせる。やっぱりジライヤにびびるのかな？

「強そうな獣魔ですな。狼系モンスターは夜目が利くタイプが多いのですが、そちらはどうですか」

「ええ、得意ですよ」

「そうですか、アイアントゥースモールは夜行性で、昼はやってこんのです。駆除は夜中になると思うので」

あ、やっぱり今日中に終わらないやつだった。そして村長に畑を案内される。

「ここはボチャクを植えてるんですが、随分と荒らされてしまい……」

畑には、ひと抱えもありそうな大きな緑の物体があった。

ちょうど目の前に、食われて売り物にならなそうなボチャクが集められている。かじられた痕《あと》を見れば、まさに南瓜《かぼちゃ》。

ボチャクはスイカよりひとまわり大きな巨大南瓜《かぼちゃ》だった。

「ちょうど収穫できそうなものばかりを狙って、しかも一部だけを食い散らかしていきおる。困ったもんです」

はあーっと、大きなため息をつく村長。

「かじりかけをわざと残しても、それは食べようとせず、次々と新しいものをかじるんですよ」

村長と一緒にいた村の男が、ボチャクのかじられた部位を俺に見せる。

畑で作業していた人は、かじられたボチャクを回収しているようだ。

「何度か見張りを立ててみたのですが、灯りや人の動きがあればやってこないので、どうしようもなくて」

積み上げられたボチャクは、どれも四分の一ほどかじられている。

だめになったものは、かじられたところを切り落とし、家畜の餌《えさ》にするのだそうだ。だが家畜にボチャクばかり食べさせるわけにもいかないし、何よりも領主に収める税に回す分を確保したら、売り物になる分が残らない。村の収入が落ちれば即生活の質が落ち、苦労することになる。

もうすぐ隣のチチッキャー――テルテナで購入したチッキャは見た目もサイズもキャベツだったが、

このチチッキャはサイズがでかい。ボチャクほどではないが、俺の知っているキャベツの二倍ほどある。これでまだ収穫時期ではないというが、あと二週間ほどで収穫できるサイズになるそうだ。ただ、こちらも育ちのいいものがかじられはじめたらしい。

　村長は、畑の要所要所にある小屋を指差す。

「あっちは肥《こえ》の倉庫で、向こうは一時的に作物を保管する小屋なんですが、今は何も入れてませんので、見張りに使ってもらっても構いません。窓がないため、扉を開けたままになりますが」

はい、あそこで夜中見張れってことですね。

「わかりました。今晩はあそこをお借りします。あと、夜まで仮眠をとるのに使わせてもらいます」

　村長は少しほっとした顔になる。

「それで食事なんですが……」

「あ、それは用意してますので不要です」

　こういう夜中の依頼は、通常依頼主が食事を用意したりするんだそうな。俺たちはチャチャが作って待っているので不要だが。

「そうですか、ではあとは息子に任せて私は戻ります。よろしくお願いします。エイブ、後は任せる」

　村長ともう一人の男が村へ戻っていった。エイブさんが、俺たちを見張り用の小屋へ案内する。

　小屋と言っても床は剥《む》き出しの土のまま、窓はないが、上の方の壁板が隙間《すきま》だらけで、日の光が十分差し込んでいる。もしかしてわざとなの？　でもこれ、扉閉めても灯りをつけたら光が漏れるなあ。

「とりあえず、夜までここで休憩をとることにします」

「日が暮れるまでは、うちの一階の集会所を使ってもらっていいですよ」

村長宅の一階はやっぱり集会所なんだ。

「いや、少し畑を見て回ったりもしたいので」

「そうですか、彼らの作業が終われば西扉の鍵をかけます。日暮れ以降は門も閉めるので」

「わかりました」

そう言うと、エイブさんは畑で作業する人のところへ行った。

俺たちは早速、畑のアイアントゥースモールが荒らした場所をチェックする。

久々に《追跡者の目》の出番だ。見回すが、畑自体にもぐらが這《は》い出した穴がない。

だが、かじられたボチャクの周りには足跡があった。それを辿《たど》って西に移動すると、畑の外に出た。さらに西に行くと大きな穴があった。ここから畑までは這《は》って？　歩いて？　行ったのか。

穴を覗《のぞ》いたが、深さは五十センチほどで先は塞《ふさ》がっている。帰りに埋めていったのか？

これだと、畑よりこっちの森に近い方で待っていた方がいいかもしれないな。

台車にボチャクを積み込んでいた農夫とエイブさんが村に戻っていった。

時間はお昼時、昼食に戻ったのかな。

俺たちは一旦小屋の中に入る。扉を閉めたら、ここと宿屋の部屋を繋いで、一旦ルマーナに戻ることにするか。

小屋を無人にすると何かあったときに困るかな。《分身》に留守番をさせようかと考えてると、ツナデが肩をトントンと叩《たた》く。

「どうした？」

「フブキのやなくて、ウチの《分体》置いとくで」

ツナデの《分体》は進化前の《小分体》と違って、感覚共有の距離が延長されおり、今のところ距離の限界は不明だが、もしかしたら制限がないのかもしれないと思っている。

誰か来ればすぐこっちに戻るようにすればいいので、《分体》に留守番をお願いした。

「ほやから、《分体》は別に食べんでええねんで？」

留守番の《分体》にシャイニーを渡していると、ツナデが呆《あき》れ顔で言ってきた。

いいじゃん。一人で留守番してもらうんだから。それに《小分体》のときもあげたし。

「まあ、フブキの気が済むんならもろとくわ」

ツナデの許可が出て《分体》がシャイニーを口にした。

夜まで仮眠をとると言っておいたから、小屋の扉を閉めてもおかしくないだろう。鍵は外側にしかないから、扉を閉めるだけだけど。ゲートを繋いで宿の部屋に戻ると、チャチャが迎えてくれた。

『「「ただいま」」』

「お帰りなちゃいまちぇ。お食事のご用意できてまちゅよ」

チャチャの作ってくれた豪勢な食事をいただく前に、エント茶をすすりながらチャチャに買い物の成果を聞く。

「いろいろ買ってきまちたので、後で増やちてくだちゃいまちぇ」

俺の能力《コピー》を利用すべく、チャチャは食材なら一食分を目安に購入してくる。

今晩はまた新しい食材を使った料理になるのかな。


昼食後、ゲートを繋いで俺以外がサフェット村に戻った。畑の周辺をもう少し調べたり、他に魔物がいないか見回りをするそうだ。

夜に備えて昼寝の時間も取るようには言ったが、どうだろうな。

俺は一人、冒険者ギルドの資料室へ行く。今朝の職員に見つからないように、気をつけないと、と思っていたが、早朝の担当だったからか、午後のこの時間にはいなかった。

資料室でもちょうどアレンが不在で、司書長に使用料を払って、召喚術とか女神のダンジョンについての資料を尋《たず》ねた。

一応あったことはあったが、ほとんどが御伽話《おとぎばなし》か言い伝え的な眉唾《まゆつば》っぽいものだった。

隣国の情報についても探してみたが、他国の国勢なんていうのが冒険者ギルドの資料室にあるはずもなく、俺は二時間ほどで宿に戻った。

「チャチャ、俺もサフェット村に行ってくる」

「わかりまちた。お気をつけて行ってらっちゃいまちぇ」

ゲートを繋いで、サフェット村の倉庫にやってきたが、中はもぬけのからだった。

『ジライヤのレベルが上がりました。ルーナのレベルが上がりました』

あー、どこかで魔物退治しているのか。ここからだと、畑の向こうの森かな。

マップで確認すれば、随分森の近くまで行っている、いやこれ森の中じゃん、どこまで行ってんの。

『おーい、そろそろ戻ってこいよ』

『フブキ、おかえりー』

念話による俺の呼びかけにルーナが答える。そして、つまらなそうなツナデとジライヤ。

『そやな、この辺ゴブリンしかおらんかったし』

『近くには他にいない』

『鳥二匹とったよ。チャチャに料理してもらおー』

いないと言いつつ、獲物をゲットしたとルーナが報告してきた。

『終わり？　もうおしまい？』

オロチマルもやり足りなそうだな。

『じゃあ、こっちに《眷族召喚》で呼ぶぞ』

『あ、ちょっと待って、ゴブリンの始末するから』

『オロチマル、それはよ燃やしてしまいや』

『はーい』

モグラの巣がないか探してくれたようだが、森まで行ったものの見つからなかったそうだ。

数分でゴブリンの処理が終わったので、《眷族召喚》で呼び戻してみる。今まで使う機会がなかったが、みんながどこにいても俺のところに呼び戻せるので便利だ。俺の方からは移動できないけど、そこはゲートがあるからな。

足元に小さな召喚陣が四つ現れる。俺たちがグラゼアに呼ばれたときの召喚陣に似てるようで、全然違う。ちょっと魔法陣の勉強をしたのでわかる。あっちはもっと複雑でややこしい。

「ただいま」

「これ魔石な」

『戻った』

『おかえり、フブキまま』

オロチマルだけ逆だぞ。いや、俺がルマーナの町から戻ってきたので間違いでもないか。

「みんなおかえり、そしてただいま、オロチマル」

今日の討伐はトータルでゴブリン十九匹、ホブゴブリン一匹。ゴブリンの依頼はすでに達成していたんだが。鳥はブラックターミガンという雷鳥みたいなやつだが、MR・Eだけあってペリカン並みにでかい。そういえば、雷鳥って英語ではサンダーバードかと思ってたら、ロックターミガンっていうらしい。雷じゃなくて岩なんだな。どうでもいいけど。

小屋の中でチャチャに持たされたおやつセットを広げ、休憩を取ったのち、夜に備えて仮眠を取ることにする。

夕暮れどきに畑作業を終えたエイブさんがやってきた。

「畑側の扉も二ヶ所の門も閉めますが、南門だけ内側に見張りを残すので、何かあったらそちらに声をかけてください」

そして、そう言って帰っていった。

「もう少ししたら食事に戻るか」

あたりが夕闇に包まれた頃、門も閉まって人の気配がなくなったことを確認し、ゲートを繋いで宿に戻った。

チャチャは、今日手に入れた食材を使った夕食をテーブルに並べてくれる。ブラックターミガンは夕食には間に合わず、翌日に回すことになった。

食卓にはサフェット村の特産、ボチャクを使ったスープがあった。市場で売ってたんだ。うん、パンプキンポタージュだな。

夕食を用意をしてくれているチャチャに、今晩の予定を伝える。

「チャチャ、今晩は向こうで畑の見張りをするから、多分明日の朝まで帰ってこられないと思う。アイアントゥースモールの退治が夜中になりそうだ」

「でちたら、皆ちゃまのおちょくじ中に、お夜ちょくの準備をちまちゅね」

そう言ってバビュン（音はしないがそんな感じで）と簡易キッチンの方へ行ってしまった。

特になくてもいいのだが、働きがいがないと残念そうなので、ここは黙って受け取ろう。

その前に夕食だ。あちこちで食材を買い込んでいるから、料理の種類が増えている。

どれも美味《おい》しくて、食べすぎて困るな。移動にジライヤやオロチマルに乗ってばかりだと太りそうだよ。


「それじゃあ、行ってくるね」

「留守番お願いな、チャチャ」

ルーナと俺がチャチャに声をかけると、いつものように送り出してくれる。

「いってらっちゃいまちぇ」

「なんかあったら、ソレに言うてや」

ここにもツナデの《分体》を置いていくことにした。宿代は三日分払ってあるし、鍵をかけてあるから大丈夫とは思うが、念のためだ。泥棒とか万が一を考えてね。チャチャ自体は消えることができるから心配なくとも、キッチンカーが盗まれたりしたら嫌だし。

正確には、家じゃなくて車なんだけど、使ってると家ほどではないが家聖霊の恩恵（汚れにくいとか、劣化しにくいとか）があるんだって。

「はい、お気をちゅけて」

ゲートを繋いでサフェット村の小屋に戻る。こちらに灯りは置いてなかったが、壁の隙間《すきま》から月明かりが差し込んでいて《夜目》持ちの俺には全く問題ないし、ジライヤは《月食》のスキルの副次効果で真っ暗闇でも問題ない。

ルーナはスキルこそないが、種族特性で夜目が利く方だ。

ツナデはなんと《魔力感知》を応用して空間把握をするそうだ。そんな能力があるのに、俺の背中にへばりついて自分で歩かないので、意味がない気がする。

問題はオロチマルだ。

『いや～ん、まま真っ暗なの、何も見えないの～』

石化鳥系魔獣と言っても、鳥目ではないはずだが。明るくしていた宿の部屋から小屋に移動してゲートを閉じれば、差し込む光は月明かりだけ。目が馴染《なじ》むのに少しかかるのだろう。

「オロチマル、ちょっと我慢しような。灯はつけられないから。それとも、宿でお留守番するか」

オロチマルの首元を撫《な》でてやると、グリグリと頭を胸元に擦《こす》りつけてくる。革鎧着てるから硬いと思うけど。

『やだ、ボク我慢する。一緒にやっつけるの』

「しばらくしたら、もうちょっと見えてくるからな」

「一番図体でかいのに、甘えたが治らんなあ」

『オロチマルより、俺の方が大きくなれる』

「ここで大きくなったら狭いよ、ジライヤ」

ツナデの「一番でかい」にすぐ反応して大きくなろうとするジライヤをルーナが諫《いさ》めて、小屋の扉を開け外に出た。

俺もオロチマルの背に手を当てたまま、誘導しつつ外に出る。

時刻は九刻《二十時》くらいか。村の方は静かなものだ。

町や街などは規模が大きいほど夜も活動している割合が大きい。酒場とかの他に、大人のお店もあるそうだ。

興味がないとは言わないが、俺はこの世界で卒業する気はない。どんな病気をもらうかもわからな……あ、《治療術》で治せるか。

そのとき悪寒が走り、慌《あわ》てて周りを見回した。

「どないしたん？」

背中のツナデが俺の行動を訝《いぶか》しがる。

「いや、なんでもないよ。モンスターは俺が見張っているから、みんな寝てていいぞ」

ブルリと身震いしてから、マットと毛布を出して休めるようにする。

そう、なんでもない。気のせいだよ、雪音に名を呼ばれた気がしたのなんて。近くにいないしな。

マップを表示して光点を確認するが、異世界人を示す白い点はない。

《アクティブマップ》もレベル8になって、光点の色指定は無制限だ。だが指定できるのは、俺に対する意識か、俺が鑑定したことのあるものとその同種。そこで、少し前に雪音や牧野を色指定できればと考えた。

以前マルクを鑑定して犬獣族を指定できたんだから、〝異世界人〟である自分を《鑑定》すればいいんじゃね、と気がついた。

俺が〝異世界人〟なんだから、雪音たちも〝異世界人〟だろう。俺だけ加護二人分で特殊種族ってことはないだろうかと、ちょっと不安だったけど、そこはナビゲーターが大丈夫だと教えてくれた。

そういうわけで〝異世界人〟を白で指定してある。現在レベル８の《アクティブマップ》のサーチ範囲は、五キロメートルだ。

すれ違い予防に表示しっぱなしにする手もあるんだが、やはり視界にかぶさって邪魔なんだよな。

『イエス、マスター。《アクティブマップ》の権限を移譲していただくことで、こちらで監視することが可能です。その場合非表示時であっても常にＭＰを消費します。マップの表示オンオフは指示していただければこちらで行いますが、指示についてはナビゲーター《こちら》への場合も、今までと同様音声と思考のどちらでもできますので、マスターの操作という面では変わらないと思われます』

それ、俺が寝てる間も、ナビゲーターが《マップ》を見ててくれるってこと？

『イエス、マスター』

《アクティブマップ》の消費ＭＰなんて、今の俺には誤差程度だ。

「よろしくお願いします、ナビゲーター様」

『《アクティブマップ》の権限の移譲を確認しました』

「とりあえず、アイアントゥースモールが現れるまではオンで」

『イエス、マスター』

使いっぱなしにすることで、スキル経験値も増えて、レベルアップしやすいと思われる。ほんと《ナビゲーター》っていいスキルだよ。

色指定の変更をしておこう。

臙脂色《えんじいろ》：戦闘歴（鑑定歴）のあるモンスター
赤　色：こちらに害意悪意殺意のある生物
橙《だいだい》　色：モンスター
青　色：眷族
黄　色：人族、獣族、小人族、ドワーフ族
黄緑色：その他の人形種族
灰　色：生命活動停止した人間とモンスター
白　色：異世界人

こんなものかな。今の監視のメインは赤と橙色だけどな。アイアントゥースモールはこのどちらかで引っかかってくれるだろう。

色指定してなくとも《空間記憶》した場所は、ナンバリングされて表示される。一応古い方から数字が若い。今はレベル8で記憶上限が二十ヶ所だ。距離が離れすぎて、マップをスクロールしても表示されない番号もあるが、俺がその記憶した場所を意識すれば繋げられる。


ルーナが船を漕《こ》ぎ出したので、マットへと連れていき寝かせると、ツナデも横になった。オロチマルはとっくに夢の国の住人だ。

マップに反応はないが、見回りでもと、一人で小屋から出たら、ジライヤがついてきた。

ゆっくりとあたりを窺《うかが》いつつ、森の方向に進んでいく。

村の西側は森との緩衝地帯を広くとっているので、畑は南と北よりも狭い。まあ狭いと言っても奥行き一キロメートルくらいあるんじゃないかな。日本じゃこんな広い畑は田舎にしかない。いや、ここ田舎なのか。大きな町や領都から離れてるし。

畑の端から森までの距離も一キロメートルほどありそうだ。こんなに離れていても、餌《えさ》を求めて出てくるんだな。

畑の畦道《あぜみち》を進みながら、途中でボチャクをいくつか《コピー》させてもらった。チャチャが今朝購入したボチャクよりこっちの方が完熟してるようなので。チチッキャは収穫までもう少しと言っていたから、まだ《コピー《収穫》》するには早いかな。

ボチャク料理で思いつくのは、カボチャサラダとかカボチャコロッケとかかな。夕食のポタージュを食べた感じは、西洋カボチャっぽい味だったし。

他にカボチャ料理って言えば、煮物《にもの》か天ぷらくらいしか思いつかないよ。

一旦畑の端まで来たが、今のところアイアントゥースモールは現れそうにない。

畑の柵は境界を示すもので、モンスター除けには役に立ちそうにない。杭に横木を数本ロープで括《くく》りつけているだけだ。

森は食べ物が多いため、今まではあまりモンスターがこちらまで出てこなかったらしい。これも、もう倒したけどオークキングの影響かな。

とはいえ、オークの巣からサフェット村まではかなり離れているんだがな。オークの巣ができてからずいぶん経っていたようだから、徐々にモンスターがところてんのように押し出され、生息地が変化していったのかもしれない。

小屋の中で待つより、畑の端っこで待機した方がいいか。穴に近すぎるとアイアントゥースモールが警戒して出てこない可能性も考えて、ちょっと離れた場所がいいだろう。ルーナたちに一声かけるか。寝かせたままでアイアントゥースモールを倒したら、後がうるさそうだし。

「ジライヤ、一度小屋に戻るぞ」

あたりを警戒していたジライヤを呼ぶと、すぐに近づいてくる。ジライヤも今のところ何も見つけていないようだ。

森近くで待機すると言ったら、全員ついてきた。アイアントゥースモールが接近してきたら起こすって言ったんだけど。

穴のあった場所より森寄りのところに、待機場所を設定しようと思う。風は畑から森の方へ吹いているから、風下で待機した方がいいだろう。

「このあたりで待ってみる？」

「いや、もうちょっと森近くの方がいいかな。ちょっとばらけようか。ジライヤとルーナはこの辺りで」

二人は隠れる場所がなくとも《スニーク》があるから気配を消せるだろう。俺たちはもう少し森寄り、いっそ森の木の上ででも待機するかな。

「あ、ジライヤは《威圧》をアイアントゥースモールが畑に近づくまで使っちゃダメだからな。ビビって出てこなかったら退治できないから」

『わかった』

作戦はいつものごとく大雑把《おおざっぱ》だ。アイアントゥースモールが現れて畑に近づいたら、ジライヤの《威圧》とオロチマルの《麻痺《まひ》ブレス》と俺の《状態異常魔法》で行動不能にしてから、全員で叩《たた》く。

俺とツナデが枝振りの大きな木にのぼり《気配隠蔽》を使う。

オロチマルには《消音》はあるが《気配隠蔽》系のスキルはない。ユニークスキルの《変幻》があるので、アイアントゥースモールが接近したら、木の根元で風景に溶け込んでもらう。

ツナデも《気配隠蔽》系のスキルがないんだよなと思っていたら、なんと《シェイプチェンジ》でルーナに化けている間だけ《スニーク》を使えるんだと。驚きである。そういえばナビゲーターが『写した相手の種族特性スキルが使える』みたいなことを言っていたような。

ただMPの消費が凄《すご》いらしいので、長時間は無理っぽい。

こっちも、マップでモンスターの接近を確認してからでいいだろう。

「化けてる間、うまうまくれたらいけるで」

そう言われても、ルーナの姿で指に吸いつかれるのはちょっと……

〈MPギフト〉でお願いします。


待つこと二時間ほど。空には大きな月が出ていて、あたりはオロチマルが困らないくらいに明るい。なかなかアイアントゥースモールが現れず、俺たちの緊張がとけ、オロチマルは木の根元で寝てしまっている。

俺は《睡眠耐性》のおかげで眠くならないが、枝の上というのは居心地が悪い。

今日は現れないのかと思っていたら、ナビゲーターが知らせてきた。

『マスター、西方向。森奥から近づいてくるものがいます。数は四、五……八体です。先頭の個体との距離は千八百メートル、千七百、千六百。地中を移動しているようで、探知が遅れました。かなりのスピードです』

距離的にはまだ森の中だろう。出口は塞《ふさ》いであったが、森の下の道は残してあったのか。

俺は念話でみんなに知らせる。

『アイアントゥースモールが近づいてきた。全員気配を消して。オロチマル起きろ！』

「ぴぴぃっ！」

眠っていたところに強めの念話を送ったら、オロチマルが文字通り飛び上がった。

『まま、どこ？　まま～』

オロチマルが寝ぼけてかワタワタしてる。

『オロチマル、上だ、上。落ち着いて《変幻》で姿を――って！』

慌《あわ》てたオロチマルは《変幻》をせず上に飛び上がってきた。バッサバッサと羽ばたき音を立ててホバリングする。《消音》も忘れてるし。

『まま、ままぁ』

ああもう、段取りが……仕方ない。オロチマルを落ち着かせるため木から降りる。おいでおいでと呼ぶと、すぐにひっついてきたので、首周りを撫《な》でながら小声で指示を出す。

「いいか、オロチマル。あの木よりもっと上まで飛んで、上空で待機だ。俺が合図したら空から《強襲》で突っ込んで〈麻痺《まひ》ブレス〉だぞ」

『うん、わかった。まま、行ってくる』

再びバッサバッサと木の上まで上がると、ビューンと飛んでいった。若干不安が残るが、まあいいだろう。

『マスター、来ます』

オロチマルが上空で旋回するのを確認したところで、ナビゲーターが知らせてきた。

穴の十メートルほど手前の地面がもこもこっと隆起し、畝《うね》を作っていく。畝《うね》の先が穴に達すると元の穴の倍くらい、直径一メートルくらいの範囲がボコっと陥没《かんぼつ》した。

最初に現れたのは、長い五本の爪。月明かりに鈍《にぶ》く光っている。そして、にゅうっと三角コーンのような形の鼻を持った頭が突き出された。

ふんふんと匂《にお》いを嗅《か》ぐようにあたりを窺《うかが》ってから、穴から這《は》い出した。

＝種族・アイアントゥースモール　MR・D　固有名・―　年齢・2歳　状態・空腹

土竜《もぐら》系モンスター。硬く鋭い爪で穴を掘り、土中で暮らす。その爪は硬く岩をも砕き、スキル《刺突》や《斬裂》は戦闘時も発揮される。唾液には麻痺《まひ》毒があり、噛みつかれると傷口から麻痺《まひ》毒が入り、痺《しび》れて動けなくなる。雑食でその肉は可食だが、独特のにおいがあり、一部の好事家には珍味とされている＝

……思っていたよりもでかい。

全長一メートルを超えている。レトリーバーサイズだった頃のジライヤくらいだろうか。

最初の一匹に続いて二匹、他の場所もボコボコッと同じように陥没《かんぼつ》したかと思ったら、次々と姿を現すアイアントゥースモール。

合計八匹のアイアントゥースモールが穴から出て、畑に向かっていく。

毛に覆われた顔は、どこに目があるのかわからない。

畑の手前で先頭のアイアントゥースモールが立ち上がり、ふんふんと匂《にお》いを嗅《か》いでいる。あの先頭のアイアントゥースモールがボスだろうか？　他のより一回り大きいぞ。

八匹全てのアイアントゥースモールが、畑の前に集まった。

『今だ！』

《遁甲》で隠れていたジライヤが、アイアントゥースモールの前に姿を現し、《威圧》を放ちつつ《咆哮》を浴びせる。

「ガオオオオォォォン」

「「「ギュピッ」」」

前方のアイアントゥースモールが変な声を上げて硬直した。

そこに、上から急降下してきたオロチマル。

「ぴゃあぁぁぁぁ……」

ブレスを浴びせながら滑空《かっくう》し、上空へと戻っていく。

「いくで」

オロチマルのブレスは俺たちにも影響が出るので、ツナデは俺ごと風上にあたる位置、アイアントゥースモールの斜め後ろに《空間跳躍》で移動した。

足が地についた瞬間に魔法を使う。

「〈空間指定〉〈パラライズ〉」

オロチマルのブレスは左半分のアイアントゥースモールに効果があったようなので、俺は右半分のアイアントゥースモールに向けて〈パラライズ〉を使った。

八匹とも麻痺《まひ》させたかと思ったが、オロチマルのブレスを浴びた四匹はもう麻痺《まひ》が解けたのか、動き出した。

『マスター、アイアントゥースモールは麻痺《まひ》毒を持つモンスターですので、麻痺《まひ》耐性があるようです』

あ、選択ミスった？

しかし、その動き出したアイアントゥースモールの間を、二つの影が通り抜けた。

すれ違いざま二匹のアイアントゥースモールの首をはね、残心を忘れず振り返るルーナ。

そして、二匹まとめて噛みつき、《噛砕》で首を食いちぎるジライヤ。

『オロチマルのレベルが上がりました。レベルが上がりました。スキル《アイテムボックス》のレベルが上がりました。条件が満たされたことにより、スキル《アイテムボックス》が《インベントリ》に進化しました。スキル《使用ＭＰ減少》《従魔パラメーター加算》《従魔契約》《意思疎通》

のレベルが上がりました』

わお、なんかスキルのレベルアップがいっぱいきた。種族レベル40の節目だ。ワイバーンの巣で35になったばかりなのに。

それより戦闘中だった。

上空から急降下してきたオロチマルが、両足に一匹ずつアイアントゥースモールを引っかけて蹴っ飛ばす。

「「ギャピィ」」

吹っ飛ばされて木に叩《たた》きつけられたアイアントゥースモールは、変な声を上げてそのままぐったりと倒れ込む。

仲間がやられたことで、残りの二匹が穴に戻ろうとしたが、そこにツナデの蔓の槍が放たれ、脳天に突き刺さった。

『ツナデのレベルが上がりました』

俺は、木の根元に転がったアイアントゥースモールに、トドメを刺そうと《縮地》で接近する。

しかしククリを振るまでもなく、二匹は口からブクブクと泡を噴いていた。オロチマルは、蹴り飛ばしたときに《毒の爪》を使ったのだろう。ピクピク痙攣《けいれん》していたアイアントゥースモールは動かなくなり『生命活動停止しました』とナビゲーターが告げてきた。管理していたマップでの表示が、灰色に変化したのだろう。

俺、出番なかった。それどころか、完全にオーバーキルではないだろうか。

いくら八匹いたと言っても、所詮《しょせん》MR・Dである。こちらはMR・Aが三頭、誰か一頭でもよかった感じだ。

「うん、まあ油断するよりいいか」

『まま～、ただいま～』

オロチマルも降りてきた。うちの子らは優秀すぎて、何も言わずともアイアントゥースモールを集めて解体を始める。

「フブキ、お肉どうする？」

「あー。食べられないことはないけど……ギルドに売るか。あ、オロチマルが倒したやつは毒を使ってるから処分で」

「「はーい」」

ツナデとルーナは返事と同時に行動に移る。

『マスター。アイアントゥースモールの穴は塞《ふさ》いだ方がいいと思われます。また、長く掘っているようですから、森までの坑道も潰《つぶ》すことをお勧めします』

ナビゲーターに言われ、俺は地面に手をついて《マップ》表示をオンにした。普段の《オートサーチ》は地上しかしないから、地中を《サーチ》するには一手間かかるのだ。

いくつもの坑道が迷路のように森から続いていた。出口に近いところは浅い位置にあるが、徐々に深くなっている。

俺は森に向かって歩きながら、坑道の浅い部分は普通に土で塞《ふさ》ぎ、深いところは〈ストーンクリエイト〉で塞《ふさ》いでいく。ところどころに障害になるように大きめの塊《かたまり》も作って、森に少し入ったところまで塞《ふさ》いだ。

こうしておけば、当分アイアントゥースモールはやってこないだろう。

まあ、〝その爪は岩をも砕く〟ってあったから、あんまり役に立たないかもしれないけどね。

「フブキ～、解体終わったよ～」

「おー、今そっちに行く」

これくらいなら、宿に戻って寝る時間があるかな。朝早めに戻ってくればいいか。

アイアントゥースモールの魔石は黄色がかっていたので地属性だな。等級としては、ロックリザードのそれと同じくらいだろうか。

俺は、纏《まと》められたアイアントゥースモールの皮と肉と爪、それに麻痺《まひ》毒袋を分けて麻袋に詰めてから《インベントリ》に収納して小屋に戻る。

この《インベントリ》は《アイテムボックス》と違って個数制限がない。容量は総ＭＰに依存するそうで、俺の場合実質無限らしい。そして時間停止ありというか、時間の概念が存在しない空間だとか。何それすごい。あ、でも原理が違うだけで、効果は《アイテムボックス》と同じか。

◇　◇　◇

小屋にツナデの《分体》を残して宿に戻った俺たちは、仮眠をとり、日の出の一刻《四時》前には起きて朝食をすませてから、小屋に戻ってきた。

誰もやってこなかったようなので、小屋を出てサフェット村の西扉の近くで座り込む。

足元にはアイアントゥースモールの素材を入れた麻袋を置いた。村長たちに討伐したことの証明として見せるためだ。

南北どちらかの門に回るかと思ったが、《アクティブマップ》で、村人は起きて活動を始めていることがわかっている。そのうち誰かがこちらにやってくるだろうから待つことにした。

三十分もしないうちに扉が開き、村長と何人かの村人が現れた。

「冒険者さん、昨夜アイアントゥースモールは現れましたか」

村長ともう一人の男が俺たちの方へやってくる。他の村人はジライヤたちにびくっとしながら、遠回りに畑へと向かっていった。

「ああ、昨夜は八匹現れたので倒したよ。一応アイアントゥースモールの坑道も《地魔法》で潰《つぶ》しておいた」

俺が村長に説明している間に、ルーナがもう一人の男にその皮を麻袋から取り出して見せている。

「村長、八匹分の剥《は》がしたてのアイアントゥースモールの皮です。間違いありません」

「ああ、ありがとうございます」

一度村長の家に行き、依頼票に「依頼達成、八匹」とサインをもらう。

巣自体を殲滅《せんめつ》するわけではないので、退治しきったかどうかの確認が取れない。そういうときは、倒した数で依頼料が決まるようだ。

帰ろうと村長の家を出たところで、村長の息子――エイブだったか――が声をかけてきた。

「アイアントゥースモールを退治してくれて助かった。よかったらこれ食べてくれ。うちの自慢の野菜だ」

エイブさんが差し出したのは〝ディーコン〟という薄黄緑の……うん、大根だな。

チャチャにお土産ができた。ディーコンを五本ほどもらった俺たちは、北の門を出てルマーナへ向かう。

ある程度歩いて、村から見えないところに来たら、ディーコンやアイアントゥースモールの素材を入れた麻袋を《インベントリ》に収納した。

「ルマーナの近くに〈空間記憶〉しておけばよかったな。あー、ゴブリン退治もあるから、普通に移動するか」

道中のゴブリン退治も依頼だったなと思い出した。必要な数は倒しているけど、できるだけ減らした方がいいだろうということになった。

オロチマルに乗って街道沿いを移動し戻ることにしたのだが、結局帰り道にゴブリンは出なかった。

「依頼の報告は俺がやるから、ルーナたちは宿で寝てていいぞ。ほとんど寝られてないだろう」

「うん、まだ眠い」

町に戻った俺は、ルーナの冒険者ギルドカードを預かり、代わりにチャチャへのお土産のディーコンを渡す。ジライヤたちも護衛として彼女と一緒に宿に向かわせた。

子供の一人歩きは危ないと散々注意されたしな。

「ついでに調べ物もしてくるから、昼には戻るってチャチャにも伝えておいて」

『了解や』

ツナデがオロチマルの背から手を振るのを見送り、一人冒険者ギルドへと向かう。

依頼の達成報告とアイアントゥースモールの素材を売る。

査定待ちの間に受付職員とお喋《しゃべ》りという形で、ロモン公国についての情報収集をしてみる。

ロモン公国の公都はここより南東にある。公都は周りを衛星都市にぐるりと囲まれている。

ここから隣国のカーバシデ王国へ行くなら、公都の西にある衛星都市の一つであるバーミリアを経由して公都へ向かうか、バーミリアから公都の南の衛星都市であるガンテを経由して移動するのが、比較的安全なのだそうな。

ロモンの衛星都市間や公都間には乗合獣車もあるという。俺たちは自分たちで移動できるから乗らないけど。

「え？　魔道具を扱う町がある？」

「ええ、ロモン公国の南東の端、中央山脈の麓《ふもと》にあるシャールという町です。昔から中央山脈のドワーフとの交流が盛んで、移り住んだドワーフも多くいます。錬金術師や魔道具工が工房を構えていまして、魔道具の町として有名なんですが」

残念ながら、ルマーナには魔道具工ギルドも錬金術師ギルドもないのだが、商業ギルドや商人が流通を担《にな》っているので、魔道具の店はある。ただお値段が輸送料増しなのでお高くなるのだ。

特にここ数年、とある事情で魔道具の価格が高騰《こうとう》しているらしい。

魔道具かあ。風呂の魔道具とかマジックバッグもどきとか自分で作ってみたけど、いまいち魔力まかせというか力ずくなんだよ。どんなものがあるのか、参考に見たいな。オルに余裕あるし、買ってもいい。

位置的にも隣国カーバシデに行く途中にあるし、シャールの町経由でカーバシデ王国に行くのもいいだろう。

よし、移動としてはバーミリアからガンテへ向かって、そこからシャールを経由してカーバシデ王国という感じでいいか。

公都も寄ってみたい気はするが、大きな街は入街審査があるはずで、そこで何かあっても邪魔くさいしな。

ルマーナの依頼はクリアしたから、これで移動できる。今日は休息日として、明日出発でいいかな。

そして、査定の終わった素材の代金を受け取る。

サフェット村の依頼が六級、ゴブリンとホブゴブリンが七級で二件、ブラックターミガンは依頼扱いにならないが、風切り羽と肉と魔石は売った。ちゃんと複製品をとっておいて、オリジナルを売りましたよ。

最後に、明日ルマーナを発《た》ち、バーミリアへ向かうことを伝えた。

移動申請すると、職員が「バーミリアへ移動するなら護衛依頼を受けては」と勧められたが、移動速度が遅くなるので断った。

それに、ここで護衛依頼を受けてもバーミリアではなく、ルマーナの依頼になる。ルマーナの分は終わったし。


「お帰りなちゃいまちぇ。お食事のご準備ができてまちゅよ」

宿の部屋に戻ると、チャチャがお土産にもらったディーコンをさっそくお昼ご飯に使ってくれていた。

ディーコンのサラダと、ボアの肉と一緒に味噌《みそ》を使って味付けした炒《いた》めもの、そしてオーマーノマグロと一緒に醤油《しょうゆ》を使って甘辛《あまから》く煮《に》込《こ》んだもの。これはパンより白米にも合う。うまうま……本当に食べすぎるぜ。

食後はまったりしつつ明日の予定を説明する。ウォルローフ先生にもらった地図を広げるが、オロチマルには難しいか。

地図を指差しながら説明をする。今はここ、ルマーナの町だ。ここから東の小山を越えて南東へ向かうとバーミリアという街があって、そこから東に行くとロモン公国の公都がある。だが、そっちに行かずそのまま南東に進んでガンテという街を経由して、そこからさらに中央山脈の麓《ふもと》のシャールって町を通って、隣のカーバシデ王国に行く予定だな。

フェスカに近い方は極力避け、シッテニミの国境近くから中央山脈よりの行程だ。

カーバシデ王国もそうだが、フェスカから東、中央山脈から北側は、人族の国しかない。カーバシデ王国とその隣のニーチェス王国に亜人排斥《はいせき》はないが、フェスカの東隣のシアリチェスの東半分は、ほぼフェスカ影響下にあるっぽいので、人族至上主義に感化されている。フェスカだけじゃなく、シアリチェスも近づかないようにしよう。

明日からの移動に備えるため、今日はゆっくりすることにしたし、風呂にでも入ろうっと。

風呂に浸かっているときに、自分のステータスを確認した。ほんと、つい数日前に種族レベル30になったとこなんだが。

名前・フブキ＝アマサカ　年齢・17歳　種族・異世界人
レベル・40　職業・テイマー、冒険者、救命者

ＨＰ　999999999999／999999999999
ＭＰ　998735183200／999999999999

やっぱりＨＰとＭＰの桁《けた》が変わってない。ＭＰが減ってるから、表示が十二桁《けた》で実はもっとあるってことはないようだ。

ＳＴＲ（筋　力）4823（3710＋1113）
ＤＥＦ（防御力）5200（4000＋1200）
ＶＩＴ（生命力）5200（4000＋1200）
ＤＥＸ（器用さ）4316（3320＋996）
ＡＧＩ（敏捷性）3952（3040＋912）
ＭＮＤ（精神力）5200（4000＋1200）
ＩＮＴ（知　力）3874（2980＋894）
ＬＵＫ（幸　運）3640（2800＋840）
【加護スキル】《インベントリ〔ＮＥＷ〕ＬＶＭＡＸ》《パラメーター加算ＬＶ3》
【称号スキル】《言語理解ＬＶ7↓8》《取得経験値補正ＬＶ3》《使用ＭＰ減少ＬＶ4↓5》
《スキル習得難易度低下ＬＶＭＡＸ》《取得経験値シェアＬＶＭＡＸ》

《従魔パラメーター加算ＬＶ３↓４》《生命スキル補正ＬＶＭＡＸ》
《眷属召喚ＬＶＭＡＸ》《精霊の恩恵ＬＶＭＡＸ》
【職業スキル】《従魔契約ＬＶ７↓８》《意思疎通ＬＶ７↓８》
【生命スキル】《メディカルポッドＬＶ３》《回復術ＬＶ８》《治療術ＬＶ７》
《蘇生術ＬＶ２↓３》
【補助スキル】《アクティブマップＬＶ８》《鑑定ＬＶ８》《気配察知ＬＶ４↓５》
《気配隠蔽ＬＶ４↓５》《追跡者の眼ＬＶ３↓４》《縮地ＬＶ４》
《分身ＬＶ３》《夜目ＬＶ３↓４》《必中ＬＶ１↓２》
【技工スキル】《細工ＬＶ２↓３》《家事ＬＶ６》《解体ＬＶ６》《錬金術ＬＶ８》《調合ＬＶ３》
《騎乗ＬＶ４》
【武術スキル】《槍術ＬＶ３》《棒術ＬＶ１》《格闘術ＬＶ４》《剣術ＬＶ６》《盾術ＬＶ１》
【魔法スキル】《全属性魔法ＬＶ７》《空間魔法ＬＶ８》《重力魔法ＬＶ４》《時間魔法ＬＶ３》
《転移魔法ＬＶ２》《状態異常魔法ＬＶ３》《魔力操作ＬＶ６》《魔法構築ＬＶ６》
《魔力感知ＬＶ５》
【耐性スキル】《状態異常耐性ＬＶ５》《物理耐性ＬＶ４》《魔法耐性ＬＶ２》《疼痛《とうつう》耐性ＬＶ４》
【ユニークスキル】《ナビゲーターＬＶ６》《コピーＬＶ６》《ギフトＬＶ３》
【加護】《異世界神の加護×２》《フェスティリカ神の加護》

【称号】《異世界より召喚されし者》《落とされた者》《ジライヤの主》《ツナデの主》《生命の天秤を揺らす者》《眷属を従える者》《オロチマルの主》《精霊の契約者》

種族レベルは、5の節目と10の節目には何かあり、今回は《アイテムボックス》が《インベントリ》になった。レベルが最初からMAXなのがありがたい。

そういえば《分身》したとき、《アイテムボックス》は中身を分けていたけど《インベントリ》だとどうなんだろう。

『イエス、マスター。《インベントリ》の収納空間は一つで、取り出し口が分身体ごとに開かれることになります』

それって、《分身》しても中身は共有だから、分身体がどれだけ離れていても、物のやりとりができるということか。うわー、さらにチートスキルきたなこれ。

あと、空き時間に《蘇生術》のレベルアップも試みたが、なかなか上がりにくく、どうにかレベル3になった。

かける対象に効果がないとわかっていてもスキルレベルは上がることを《時間魔法》のレベル上げをしたときに知った。なので、適当にその辺のものにかけてみた。かなりの回数とMPが必要だったけど、これからも時々やっていくつもりだ。

そろそろ出よう。のぼせはしないけど、指がふやけてきた。

第二章　フェスカ神聖王国の影響

翌朝、キッチンカーを収納して、ジライヤとオロチマルに鞍《くら》を装着した。バーミリアの街までは街道を進む予定だ。

乗り合い獣車で一日の距離に宿場村、二日の距離にもそこそこ大きな町があるようだ。どんな輓《ばん》獣《じゅう》かによって速度が違うと思うんだが、大体宿場村までの距離は八十から百キロくらいと思われる。俺たちだったら、次の町までだって半日で行けそうだけどな。

東側の門を出るときも、子供連れってことで職務質問された。

それだけ警戒してくれているいい町なんだけど……俺ってそんなに怪しいのかな。ちょっと凹《へこ》むな。

東門は西門と違って人の往来が多い。特にルマーナの町は、断絶の山脈から得られる様々なものを他の町や公都と取引する商人の行き来が多いそうだ。

ヴァレンシとの行き来が制限されてなければ、そちらの交易品もあったんだが、今はそれが制限されているため、これでも商隊の数が減っているんだとか。

少し進んで人が少なくなったところで、俺はジライヤに乗せてもらうことにした。

当然うちの甘えん坊が『ボク！　ボクに乗るの、ままぁ～』と迫ってくるが「昨日おとといとオロチマルに乗ったから、今日はジライヤの番」と言うと納得した。

よしよし、いいこいいこ。

ルーナは空を飛ぶのが気に入ったのか、オロチマルに乗るというので、ツナデがそっちに付き合ってくれる。

ツナデたちが乗っていれば、前のようにおかしな方向に飛んでいくことはないだろう。

ルマーナの町からの道はかなり広く、日本の道路なら三車線から四車線ほどの幅があったが、道は平坦ではなく、さほど高さはないが山を越えたり森を迂回《うかい》したりするところは細くなっている。

だが行き来が多いだけあって街道付近にモンスターはほぼ現れなかった。

二時間ほどで小山の麓《ふもと》にある宿場村に到着した。

いつもなら村に入るんだけどね。寄ったら、依頼を受けないと出られなくなるんだよな。

『マスター、村には冒険者ギルドがありません。依頼が発生するのは、冒険者ギルドのある町以上ではありませんか』

言われてみれば。村の依頼は、近隣の町の冒険者ギルドで受けるよな。サフェット村の依頼もルマーナで受けたし。

村もなのか町以上なのか、そのあたりはっきり確認しときゃよかった。ここは試しに入ることにしよう。

同じ村でも、サフェット村のような農村と街道沿いの宿場村では、警備態勢が全然違った。検問でしっかりチェックされた。もうね、仕方ないけど。これも全部フェスカのせいだよ。冒険者ギルドについて尋《たず》ねると、やはり「ここにはない」とのこと。移動制限の依頼が発生するのは冒険者ギルドがある町以上だったよ。ただし賞罰項目に何もないと入村できないらしい。

村は宿屋や食堂、酒場などが多く、一般向けの店はあまりなかった。

そんな感じなので、少し休憩してすぐ村を出ることにした。

村を出るとき、検問にいた兵士に止められる。やはりここでも、出るときのチェックをされた。普通は出るときはないはずなんだよね……怪しくない限りは。俺、やっぱり不審人物？

まあ子供連れなのを心配されただけなんだけど。

ここから次の町までは小山を越えるルートと迂回《うかい》するルートがあるのだが、小山を越えるルートは見通しが悪くモンスターも出るし賊が出ることもある。だから、子供を連れているなら迂回《うかい》ルートを進むようにした方がいいと、アドバイスされた。

うーん。迂回《うかい》ルートは距離的には倍以上か。じゃあ、飛んで越えちゃえばいいじゃん。

万が一、飛行タイプの騎獣を連れた賊がいればって考えるけど、そのときはそのときだ。

『ボクに乗る？　任せて！』

と、嬉しそうなオロチマルにみんなで乗ることになった。

小山は高さは二～三百メートルというところだが、小山というだけあってこんもりしていて、道は山肌を蛇行していた。

その道は大体七合目くらいのところにある峠《とうげ》を最高地点とし、そこから下り道だった。頂上に行くには横道に逸《そ》れることになる。用事ないから行かないけど。

それに、俺たちは飛んでるから道に沿ってないし。

峠《とうげ》を越え、下りに差しかかったところで、ナビゲーターからお知らせがあった。

『マスター、この先で人族同士の戦闘が行われているようです』

そんなに高く飛んでいるわけじゃなかったので、峠《とうげ》の向こうは山の木々で隠れていて見えない。さらに蛇行しているせいで、道自体も見通せない。

空を飛んでいても《アクティブマップ》は基本的に地上を探知する。今のレベル8では大体地上から十メートル上空くらいまでが範囲かな。それよりも上空とか地下をサーチするには、一手間いるというか、意識を向けないといけない。

「オロチマル、降りられるよう速度落として」

『はーい』

ナビゲーターが《マップ》を表示して、俺に可視化してくれる。

光点は重なっているため数が分かりにくいが、全部で十二人ほどだろうか。だが、よく見れば人族の光点だけでなく、獣族の光点もある。

いくつかが点滅しており、一つが灰色になっている。

争っている場所に突っ込むわけにいかないので、カーブの手前、向こうからは見えない位置に降りるようにオロチマルに指示した。

オロチマルから飛び降りると、ジライヤはすぐに本来の大きさに戻り、そのまま影に沈んだ。

ルーナも着陸前から両手にナイフを持って、俺に続いて飛び降りる。ツナデだけはそのままオロチマルの背の上だ。

戦闘の場所はちょうど道がつづら折りになっており、見通しの悪い場所だった。

襲われているのは獣車の方だろう。ブレストアーマーをつけた戦士が二人と、軽鎧をつけた戦士一人の三人で、獣車を背にして守っており、獣車の上から弓士が矢を放っている。そして、それを囲んで襲っているプレートメイルの一団がいる。

駆けつけようと思ったものの、ふとどちらに加勢すべきかわからず足を止めてしまった。

襲われている方がいいもんだとは限らないよな。小説やゲームじゃないんだから。

俺が足を止めたことで、ルーナたちも足を止める。

「フブキ？　どうするの？」

「えーっと。どうしよう」

俺とルーナの声が聞こえたのか、獣車を襲っている方の団体の男であろう、少し離れた場所で指揮をとっていたらしき男が振り向いた。

よく見ると、指揮をとっている男と襲っている方の団体は装備が揃っており、さらに左胸になにやらエンブレムが刻まれていた。

「なんだ？　冒険者か。死にたくなかったら首を……はあん、今回はついてるな」

指揮をとっている男は、腰に佩《は》いた剣を抜き、俺の方を向く。

「死にたくなかったら、その獣族のガキを置いてとっとと失せな」

「「あ！」」

ルーナが慌《あわ》てて帽子をかぶる。あー、空を飛んでいたときに、人目がないから脱いでたんだ。

「今更隠しても遅いんだよ」

「いや！　離して！」

男のセリフに、子供の悲鳴が重なった。その声は獣車の後ろあたりからだ。そこでは、エンブレム付き鎧の男が、兎耳の少女の手を握って、獣車から引きずり出そうとしていた。そこに、軽鎧の戦士風の人が駆け寄る。この人は女性だったようだ。

「その子から手を離しなさい！」

兎耳の少女を引っ張っている男に向かって、軽鎧の女性が飛びかかった。

うん、どちらに加勢するか決まった。俺はククリを抜いて構える。

「君！　その子を連れて逃げなさい」

襲われている側のブレストアーマーの男が、剣で鍔迫《つばぜ》り合いをしつつ、俺たちに言う。助けを求めるのではなくて。

「今なら見逃してやるぜ。命が惜しかったら――」

一方の襲っている側の男が、俺たちに告げる。

なんでこういうやつって、言うことおんなじなんだろう。

見逃してやるとか言いながら、その気はないんだよな。《スニーク》で姿を隠したやつがいる。

光点がノイズ混じりのように乱れるが、しっかり《マップ》に映ってるんだ。

獣車を襲っている側の団体さんは、胸にお揃いのエンブレムをつけている。わかりやすい目印をありがとう。

指揮をとっている男――もう指揮官でいいか――指揮官をまっすぐ睨《ね》めつける。

「命を奪うってことは命を奪われる覚悟ができてるってことだよな」

「はあ、何を言ってやがる。俺たちは奪う側、お前は奪われる側なんだよ」

十七年生きてきた世界では、たとえ悪人であっても〝命は尊い〟ものだと教わってきた。

だけど〝郷に入っては郷に従え〟ということわざがある。俺は――

「みんな、胸にエンブレムついてる方、全員叩《たた》きのめせ」

「うん」

『よっしゃ』

『わかった』

『はーい』

返事とともに、全員が一斉に散らばった。

「死ねやぁ！」

《スニーク》で近づいてきた男が、俺の真後ろから剣を振り下ろす。攻撃の瞬間は《スニーク》が解除されるとはいえ、叫《さけ》んじゃスキルを使った意味がなくなると思うよ。

半身を反らして剣撃をよけ、魔力を通したククリを振り上げる。

スルッとなんの抵抗もなく、剣を振り下ろす腕を切断した。斬り離された腕は、剣を掴んだまま落ちた。手と剣の持ち主と俺の視線が、落ちていくそれを追う。

「あ、あ、あ、ああ」

驚愕《きょうがく》とも痛みによる呻《うめ》き声とも取れるが、言葉にならないというのが正しいところか。

返り血を避けようと後方へ下がる俺の目と、襲った男の驚愕《きょうがく》した目とが合った。

思わずヤクザキックで吹っ飛ばすと、街道脇の木をへし折りながら飛んでいった。

「は？」

間抜けな声を出した指揮官は、足元から顕現したジライヤの《突進》によって、そのまま後ろにいた弓を構えた男ごと吹っ飛んでいく。

獣車の前で槍を構えたブレストアーマーの男とやりあっているエンブレム付きの男二人には、ツ

ナデが《空間跳躍》で彼らの背後に移動し、蔓《つる》でグルヅル巻きにした上「ぎゅーっとな」と言いつつ締め上げた。

『ばびゅーん』

鍔迫《つばぜ》り合いをしていたエンブレム付きの男を、力が抜けそうな掛け声とともに《強襲》を使ったオロチマルが《烈脚》で吹き飛ばした。

ルーナは《スニーク》で兎獣族を捕まえている男のところまで移動し、掴んでいる男の腕を両手のナイフで斬りつける。

腕甲の隙間《すきま》を狙ったようだが、斬り落とすまでは至らず。しかし、痛みにより兎獣族を掴んでいた手を悲鳴を上げて離した。そのままルーナは、兎獣族の少女を返り血がかからない場所にまで引っ張っていく。

はい、ここまで五秒かかっているかいないかです。

「な、なんだ？」

獣車の後ろから別の獣族の子供を抱えた男が現れて、仲間が一瞬でやられたことに驚きの声を上げた。

そんな場合じゃないのに。

獣車の上にいた弓士が弓を捨て、ナイフを構えて子供を抱えた男目がけて飛びかかる。こっちは大丈夫そうだ。

俺は、吹っ飛ばされた指揮官のところに歩いていく。

「う、ううっ」

頭を振りながら呻《うめ》き声を上げている指揮官。横に落ちていた剣を蹴って、届かないところに飛ばす。

ハッとして俺を見上げた指揮官の喉元に、ククリを突きつけた。

「さっきも言ったけど、命を奪われる覚悟はできてるんだよな」

「た、助け……」

俺は大きく息をつき、ククリを振り上げ――

「待ってくれ、そいつは殺さないでくれ！」

――へ？

振り向くと、剣装備のブレストアーマーの男が、俺に駆け寄ってくる。

俺が視線を逸《そ》らしたため、指揮官が這《は》って逃げようとしたが、そこにジライヤがやってきて指揮官を踏みつけた。

「ぐぇ」

潰《つぶ》れたカエルのような呻《うめ》き声を最後に、指揮官は意識を失った。

突然現れたジライヤを見て、ブレストアーマーの男の足が止まる。それ以上近づけないとでもいうようにたたらを踏んだ。

「指揮をとっていたそいつは〝女教皇の使徒〟の小隊長だと思う。生かして情報を得たいので、殺さないでくれ」

んー〝女教皇の使徒〟って、どこかで聞いたような。

『イエス、マスター。冒険者ギルドの常設依頼にありました』

ああ、フェスカの誘拐団か。

いつの間にか、ツナデがジライヤの背の上に現れ、指揮官じゃなくて小隊長を蔓《つる》でグルグル巻きにしていた。

俺は自分が振り上げたままのククリを見て、次に縛《しば》り上げられた小隊長に視線を移す。そして「はああ」と大きなため息をつき、その場にしゃがんだ。

『どないしたん？』

『フブキ？』

『ままぁ？』

オトモズが俺の周りに集まった。

「あー、うん。なんでもない」

そう言いながらも、立ち上がる気力が湧《わ》いてこない。

決意を固めたんだよ。

この世界で生き抜くために。

仲間の命を守るため、敵の命を奪う覚悟を。

結局〝覚悟〟なんて決め切れてなくて、命を奪わなくて済んで、ほっとしている。

そんな俺の心の内を、みんなはわかっているのだろう。

「叩《たた》きのめせ」って言ったのに。

誰もトドメを刺していない。

ジライヤは《突進》でなく《爪連撃》や《噛砕》を使えば。

ツナデは〈蔓《つる》〉ではなく〈蔓《つる》の槍〉を使えば。

オロチマルは《烈脚》ではなく《毒の爪》を使えば――

相手を一瞬で屠《ほふ》れるのに。

それを選択しないのは、きっと俺のせい。

「フブキ」

ルーナもやってきた。

俺はようやく立ち上がる。視界の端に映し出される《マップ》には、六つの灰色の点。

俺たちが参戦する前に一つはすでに灰色だった。だけど、ナビゲーターのレベルアップコールはない。〝女教皇の使徒〟にトドメを刺したのは、俺たちじゃない。

「と、ところでっ。君はテイマーか？　その魔獣はっ、ああ、印をつけているけどその……」

若干ジライヤたちにビビりながら、ブレストアーマーの男――剣を装備している彼がリーダーかな――が、やっぱり近づけなくてたたらを踏む。

俺は冒険者ギルドカードを取り出して、こっちから歩み寄り相手に差し出す。

「ああ、冒険者でテイマーだ」

俺の後ろを、小隊長を咥《くわ》えたジライヤがついてきたので、リーダー（？）はちょっとびくっとした。


捕獲したのは、女教皇の使徒の小隊長の他、ツナデが蔓《つる》でグルグル巻きにした二人だ。

誘拐団の捕縛《ほばく》は『生死問わず』だったので、死体も持ち帰らなければならない。

俺は山道の見通しが悪かったことを利用し、車を途中に置いて駆けつけてきたことにした。

街道を少し戻り《インベントリ》から箱車の方を取り出すと、ジライヤとオロチマルに牽《ひ》いてもらい、彼らのところに戻った。

箱車の中に、旅の荷物っぽく見せるための麻袋を置いてある。マルクたちを運んだときに使ったマットや毛皮もそのままだったので、丸めて端に寄せた。

こいつらにマットも毛布も使いたくないからな。乗せたくはないけど、死体と捕縛《ほばく》した三人を放り込む。向こうの獣車は、ちょっとお高そうな人の移動用の乗り物で六人乗り。女教皇の使徒を乗せるスペースはなかった。

乱暴に荷台に放り込んだせいで、拘束した三人が意識を取り戻した。暴れ出したため、うるさくないよう〈スリープ〉で眠らせておこう。

『スキル《状態異常魔法》のレベルが上がりました』

うん、レベル4で使えるのは〈混乱《コンフュージョン》〉だったか、この状況では役に立たないな。

ツナデがしばらくの間、連中が起き出さないか見張っていたが、《分体》を一体置いて御者台に移ってきた。

襲撃場所はつづら折りで見通しの悪い道が続くところだった。もう少し行けば野営もできる開けた場所があるらしく、そこまで移動しようということで、二台の車が連なって進む。

「おちゅかれちゃまでちた」

御者台に座っていると、チャチャが俺とルーナとツナデに冷たいお茶を差し出してくれる。

御者台で並んで座ってお茶を飲む。普通御者は手綱《たづな》を捌《さば》いて車を制御しないといけないのだが、俺たちには必要ない。一応格好つけに御者台に座っているだけだ。まあ、ルーナも俺も荷台にいたくないというだけなんだけど。

「ありがとう、チャチャ」

一気に飲み干して、コップをチャチャの持つトレイに返す。チャチャは空《から》のコップとトレイをポケットにしまってから姿を消した。

そして、しばらくゴトゴトと箱車に揺られて、目的地に到着した。

ちょうど昼どきなので、チャチャが昨日夜食として持たせてくれたのに結局食べなかった弁当を昼食にする。量があるから、向こうの六人にも勧めてみた。

チャチャの用意した籠《かご》の中身は、ロールパンサイズの柔《やわ》らかいパンに野菜や肉を挟んだサンドだった。一つの籠《かご》に中身の違うのが四個入っている。夜食は片手で食べられるようにという、チャチャの気遣いを感じる逸品《いっぴん》だ。

それに、籠《かご》入りの弁当は〝街を出るときに宿で昼食を作ってもらいました〟風を装えるのだ。元々この籠《かご》も、夜の憩い亭の親父が昼食用にバーガーもどきを作ってくれたときのものだし。サイズは大きくなってるけど。

チャチャはいつも、戦闘などで腹を空かせる可能性を考え、夜食は一人一つではなく、余分に用意している。

だから、人数と弁当の数が合わない。ガラフスク村跡で夜を過ごすと言ったときも、多かったもん。今回も、俺とルーナとツナデの三人の二食分と考えて……にしては多すぎるが、そこは気にしない。グルカスさんじゃないんだから、そんなに食べないんだけどな。あのときはグルカスさんがほとんど食べてしまった。

ツナデはハヌマーンになってからは、俺たちと同じものを食べることが増えた。まあフルーツが主食っぽいので、そのあたりもチャチャが気を利かせてくれている。

ジライヤとオロチマルには味付けのしていない肉だが、飽《あ》きがこないように、調理法は焼いたり蒸したり茹《ゆ》でたりと、様々である。

とはいえ、六人も増えれば、夜食の弁当だけじゃ足らないので、スープも出した。これもチャチャが作り置きをしてくれていたものだ。新たに料理を作りたそうなチャチャには申し訳ないが、彼らに姿を見せないようにしてもらっている。

箱車から下ろすフリをして《インベントリ》から出したんだが。チャチャが以前作ったやつが温かいまま入ってる。前に作っていたものが温かいのをバレないように、簡単な炉を組んで温めるフリもした。

向こうも、旅食用の日持ちするパンとか出してきたけど、子供たちはうちのサンドパンを美味《おい》しそうに食べている。

「いや忝《かたじけな》い。ありがたくちょうだいしよう」

食事をとりつつ情報交換をする。

ブレストアーマーの二人と獣車の屋根にいた弓士は〝鋼《はがね》の心〟という男三人の冒険者パーティーだった。

そういえばパーティー名って、俺たちはつけてないな。冒険者ギルドの受付で聞かれたことないけど、つけるものなのかな。

リーダーが剣装備の男でカルバド、槍持ちがリキュー、弓士がテキラと名乗った。

カルバドさんは〝鋼《はがね》の心〟って言いながら、ジライヤにびびってるよね。反対にテキラさんは「ねえ、触っていい？　もふもふだあ」と、ジライヤに抱きついている。テキラさんはもふもふ好きのようだ。

その気持ちはわかる。定期的にお風呂に入っているから、ジライヤの触り心地はいいし、臭くもない。

彼らは軽鎧の女性、ソラリアさんの護衛だった。

ソラリアさんは、バーミリアの貴族のお嬢様で、獣族保護組織の一員だと自己紹介をしてくれた。

兎獣族の少女カリンと狸獣族の少年ポコを保護し、バーミリアに戻るところだったそうだ。

「貴族と言っても末席も末席。たかだか準男爵だよ」

そう言って、剣だこのできた手で握手を求めてきた。

本来ソラリアさんは、獣族保護組織の仲間と行動をともにしているのだが、カリンとポコを保護したあと、仲間と別れバーミリアへ向かっていた。他の仲間は、カリンたちの家族を拉致《らち》したであろう〝女教皇の使徒〟を追いかけているのだそうだ。

そしてソラリアさんは、仲間から離れたことで、追跡中の〝女教皇の使徒〟の小隊とは別の小隊から襲われたみたい。

今回は小隊長を捕まえることができた。〝女教皇の使徒〟はいくつかの小隊をまとめた中隊と呼ばれる単位で動いているらしい。

小隊長を捕まえられたことで、中隊のアジトの場所を吐《は》かせるのだとか。

「しかし、君は強いな。見た目からはとても四級には、あーなんというか、そのなんだ」

「強そうに見えない、ですか」

言いにくそうにするカルバドさんの言葉を引き継ぐと、彼はリキューーさんに脇腹を突《つつ》かれた。

「そうですね。俺の力というより、従魔が強いんで」

「謙遜《けんそん》することはない、君の蹴りの威力はすごかったぞ」

ソラリアさんは、俺のヤクザキックを見ていたようだ。

「それに、いくら従魔の印があったって、弱いマスターに強いモンスターは従わないぜ」

もふもふ好きのテキラさんは、まだ冒険者になりたての頃にテイムに失敗した話を面白おかしく話してくれた。

「だけど、人族の君が獣族の少女を連れての旅は危険ではないか？」

言いながらソラリアさんは、カリンとポコの世話を焼いているルーナを見る。

見た目ルーナは六歳児なので、十歳のカリンと八歳のポコの方が大きい……はずなんだが。ポコよりルーナの方が大きいな。あれ？

◇　◇　◇

ガタゴトガタゴト……

こんなにゆっくりとした移動は、バルックさんの商隊を護衛したとき以来ではないだろうか。

二台の獣車が連なり、街道を進む。

緩《ゆる》やかな下りではあるがそこそこ蛇行しているので、直線で飛んでいけばあっという間の距離も数時間かけての移動だった。向こうの輓獣《ばんじゅう》は、ペリシュリンホースの上位種でバトルシュリンホースという、戦闘もできる馬系魔物で、半日くらいは休憩不要なスタミナ持ちだ。

休憩なしで大丈夫かと聞かれたが、うちの子らも問題ない。もしも疲れたら俺が〈疲労回復《タイアードリカバリー》〉で回復させるし。

途中目が覚めた〝女教皇の使徒〟に〈スリープ〉をかけ直した。減重の魔道具で箱車の重さを軽減してても振動は伝わるので、刺激で目が覚めたのだ。

これでも迂回《うかい》ルートより距離は短いんだったな。宿場村の検問の兵士が言っていたように、賊は出たがモンスターには出会わなかった。


なんとか明るいうちに町に到着できたよ。ルマーナとバーミリアの中間に位置するセグレという町だ。

セグレから先の街道は、東にある衛星都市の一つトルカルの街へ向かう道と、シッテニミとの交易が盛んな南西のツアイという町に向かう道、そして南東のバーミリアに向かう道の三つに分かれている。

セグレの町の門番とソラリアさんは知り合いのようで、すんなり通してもらえた。

しかしセグレの町に入ってしまったので、ここで依頼を受けないと移動できなくなってしまったな。バーミリアの街まで進むつもりだったんだが。

捕らえた〝女教皇の使徒〟は町の警ら隊本部へ護送してほしいと頼まれ、そのままソラリアさんの獣車の後ろについていく。

警ら隊本部は町の中心部に近いところにあった。

連絡は門から行っていたみたいで、俺たちが到着すると建物の中から数人の男――この町の警ら隊と獣族保護組織の人らしい――が出てきた。

警ら隊の方が生きている三人を、獣族保護組織の方が遺体を運んでいった。

ここで俺たちはお役御免《ごめん》となると思ったのだが、やはりいろいろ手続きがあるそうだ。

ロモン公国内において〝女教皇の使徒〟の捕縛《ほばく》は冒険者ギルドの常設依頼になっているので、依頼達成手続きをすれば報奨金を受け取れるそうだ。あ、これで他の依頼受けなくてよくなるかも。

今回の報奨金は〝鋼《はがね》の心〟と折半になるのだと。

「えっと、うちは二人でそちらは三人パーティーですが。折半だとそちらが損しませんか？」

「こっちは護衛依頼中だし、依頼失敗になるところだったのを助けてもらったからな」

「普通は人数割りだが、君らが来なければ俺たちは全滅していたと思う」

「そうそう、依頼失敗どころか命助けてもらってるし」

カルバドさん、リキューーさん、テキラさんがそう言いながら「半分もらうのも申し訳ないくらい」と言われた。

警ら隊の捕縛《ほばく》証明がいるので、明日の朝、警ら隊本部に取りに来てほしいと、ソラリアさんに言われた。

ソラリアさんたちは獣族保護組織の支部に行くので、ここでお別れだ。

「ルーナちゃん、さよなら」」

「バイバイ」

カリンとポコが獣車の窓から顔を出して手を振る。ルーナもそれに返すように手を振った。

「さて、俺たちも行くか」

ジライヤとオロチマルの二頭牽《ひ》きにしてある箱車は、ガタゴトと町の中を東に移動する。冒険者ギルドがそっちにあるからだ。

時間は七刻半《十七時》を回ったくらい。今日はどこかにログハウスを出すつもりだったんだが、一旦町に入ってしまったら、依頼を受けないと出られない。ソラリアさんたちと一緒だったから、町に入る前にログハウスを出せる場所を探しに行くこともできなかったし、町に入らないというのも怪しい行動すぎてできなかった。

入ってきたところなのにすぐ出ていくというのも怪しさ満点である。普段なら別の門から出るという手もあるが、移動制限のかかっている現状では無理だった。多分だが〝女教皇の使徒〟捕縛《ほばく》が達成条件になるだろうが、ちゃんとした手続きは明日になる。

八刻《十八時》で閉門するので、今から外に出るための依頼を物色しても到底間に合わない。オークションのおかげで、お金には余裕があるからいいか。今日は諦《あきら》めて町で泊まるとして、まずは冒険者ギルドで移動手続きを済まさなければ。

そして、ギルドカードの賞罰の項目が増えた。

賞罰／
ルマーナ・達成
セグレ・未達成

生きたまま〝女教皇の使徒〟を捕まえたのは、捕縛《ほばく》証明がないので多分だが、四級になるはずとのこと。そういえば、テルテナ国のマレサでも盗賊の捕縛《ほばく》は四級だった。移動制限解除の対象になるようでよかったよかった。でも、明日じゃないと手続きは終わらないけどね。

冒険者ギルドで移動手続きを終えて、車庫と厩舎付きの宿を紹介してもらう。

お安いのと少しお高いの、二つ紹介してもらった。

お安めの宿は、厩舎は車庫を兼ねておらず、車は厩舎とは少し離れたところに停める青空駐車場であったのでやめた。

厩舎と駐車場が離れていると、ジライヤたちと一緒にいられないからな。

少しお高い宿の方は、ルマーナで泊まった宿と違って、車庫に人が泊まるようにはなってなかった。あっちのタイプの方が珍しいんじゃないかな。

この宿の車庫兼厩舎は、四方が囲まれていた完全個室タイプではなく、前面オープンタイプ。壁は三方しかなくて中が丸見えだな。当然人が泊まるところは普通の宿の部屋だ。

宿としてのグレードは、ルマーナの宿とどっちが上になるんだろうか。厩舎としては下だが、宿の部屋としては上だな。

だが、値段はこっちの方がお高い。セグレの町はもしかして都会なのか？

『イエス、マスター。セグレの町は四方に大きな町があり、流通の要所にあたります。そのため、物価がルマーナより高いかと思われます』

物価もだが、土地もお高いのだろう。壁に囲まれたこの世界の都市は、簡単に広げることができない。人が増えれば、土地の価値は上がるものだ。

厩舎に衝立《ついたて》でも作って見えないようにするかなあ。それでも、二人部屋と車庫兼厩舎で一泊三千オルだ。

「ジライヤ、オロチマル、お疲れさん」

『問題ない』

『だいじょぶだよ、まま』

車庫に箱車を入れ、ジライヤたちの鞍《くら》を外す。ワンポールテントの防水布をささっと《複製《デュプリケイト》》して、錬金術で長方形に作り替える。このままの材質だと悪目立ちしそうなので、革を貼りつけて見た目を誤魔化《ごまか》しタープを作った。これを目隠しとして入り口を覆ってから、箱車をキッチンカーと交換した。

日が暮れて人が少なくなっているけど、どこで見られているかわからな……いや、《マップ》で近くに人の有無は確認できるな。

旅商人なんかは車庫だけ借りて部屋は取らず、荷台で寝ることで宿代を浮かすことも多い。厩舎だけ借りても特に変には思われなかったようだ。でも、せっかくならベッドで寝たいよな。

ああ、宿代を浮かすだけじゃなく、防犯の意味もあるのか。

野営するのと違って輓獣《ばんじゅう》を休ませられるし、餌《えさ》と水もあるから、同じ車で寝泊まりすると言っても段違いなのか。宿のベッドが必ずしも寝心地がいいとは限らないもんな。

「家主ちゃま、普通に宿で済ませてもよかったんでちゅよ？」

チャチャが現れ、そう告げてきた。食堂の料理も興味はあるけれども、冒険するよりはチャチャの美味《おい》しいご飯がいい。

ソラリアさんたちがいたのでずっと姿を消していたチャチャは、ようやく姿を現し、オロチマルの頭の上に降り立つ。

そして宿のベッドだが、寝心地がよくなかったので結局キャンセルした。

この車庫兼厩舎を借りるのは今晩一晩のことだし、明日は警ら隊本部で捕縛《ほばく》証明をもらったら、冒険者ギルドで手続きをして、セグレの町を出る。明日は外でログハウスを出そう。

夕食が終われば、またキッチンカーと箱車を交換する。〝女教皇の使徒〟の遺体は布でくるんでいたが、荷台に乗せたこともあり、しっかり〈浄化《ピュリファイ》〉で綺麗《きれい》にして、さらに〈聖なる光《ホーリーライト》〉もかけておく。

別に化けて出るとか思ってないけど。ほら、アンデッド化とか普通にある世界だからね、念のため物理的以外にも綺麗《きれい》にしておきたいんだよ。

ついでに塩も振ってお清めしてから、荷台にベッドごと出した。

キングサイズの方はサイズ的に無理だったので、普段使われていないルーナ用のクイーンサイズのベッドだ。箱車が寝台車に早変わりである。

車の横の空きスペースに椅子を出して、チャチャが淹《い》れてくれた花茶を飲む。ロッキングチェアーとかあるといいかも。

この茶葉は、メイミーさんとヴァンカに買い物に行った際、チャチャが購入したものだ。花茶と呼ばれるジャスミンティーに似た感じのお茶である。

異世界《こっち》グラゼアに来てもうすぐ二ケ月になるか。テルテナ大陸は冬に向かっているので、いくらか寒さも増してきた。あったかいお茶がありがたい。

秋向きの服はシャツだけ買ったものの、ジャケット的な上着とかも冬向きのズボンとかも買った方がいいかな。

ルーンで服を買おうとしたが、ヴァレンシは獣族の国だったからか、たまたま獣族専門の古着屋だったのかはわからないが、店のズボンに尻尾《しっぽ》を通す穴が開いてたから買わなかったんだよな。

ルーナたちは今日は早々に休んでいる。オロチマルも、厩舎に用意された寝床は藁《わら》が敷かれていたが、その上にキャンプマットと毛皮を敷いて寝心地よくしてあるせいか、爆睡中だ。ジライヤだけが、俺のそばで伏せている。

ジライヤも随分レベルが上がった。マーニ＝ハティに進化してすでにレベル24である。種族レベル25でまた進化するのかな。

『イエス、マスター。前回はモンスターランクCからランクBを飛ばしてランクAのマーニ＝ハティになりました。MR・AからSに至るには、種族ランク25では不十分と思われます』

そっか、一ランク飛ばしてたな。順序的に考えたら30か。なんか、すぐ30になりそうではある。

名前・ジライヤ　年齢・0歳　種族・マーニ＝ハティ
レベル・24　職業・フブキの眷属
HP　16680／16680（13900＋2780）
MP　10680／11520（9600＋1920）
STR（筋　力）7560（6300＋1260）
DEF（防御力）7560（6300＋1260）
VIT（生命力）8112（6760＋1352）
DEX（器用さ）5808（4840＋968）

AGI（敏捷性）7560（6300＋1260）
MND（精神力）5772（4810＋962）
INT（知　力）4932（4110＋822）
LUK（幸　運）4980（4150＋830）
【祝福スキル】《恩恵LVMAX》
【称号スキル】《言語理解LV4》《パラメーター加算LV2》《取得経験値補正LV2》
【職業スキル】《意思疎通LV4》《取得経験値シェアLVMAX》
【補助スキル】《咆哮LV7》《瞬脚LV6》《突進LV6》《空中機動LV5》《遁甲LV7》
《影分身LV5》《スニークLV6》《威圧LV3》《察知LV4》
【戦闘スキル】《爪連撃LV5》《噛砕LV5》《爪刺LV4》
【魔法スキル】《風魔法LV7》《地魔法LV4》《闇魔法LV6》《魔力操作LV3》
《魔力感知LV2》
【耐性スキル】《物理耐性LV4》《魔法耐性LV3》《疼痛《とうつう》耐性LV2》
【ユニークスキル】《メタモルフォーゼLV6》《月食LV1》
【祝福】《フェスティリカ神の祝福》
【称号】《異世界より召喚されし者《フブキ》の眷属》

種族レベルの上昇に比べてスキルレベルが上がらないのは《取得経験値補正》の弊害《へいがい》かもしれない。それでも時々ルーナたちと出かけて訓練しているから、まだマシなのかな。

ツナデもレベル21か。出会ったときはベストの胸元に入るくらい小さかったのに、今やルーナより大きくなった。

ルーナの方は、出会ったときより縮んでるけど。

名前・ツナデ　年齢・0歳　種族・ハヌマーン　レベル・21　職業・フブキの眷属

H　P　9600／9600（8000+1600）

M　P　15630／16800（14000+2800）

STR（筋　力）4320（3600+720）

DEF（防御力）4320（3600+720）

VIT（生命力）6000（5000+1000）

DEX（器用さ）6960（5800+1160）

AGI（敏捷性）5520（4600+920）

MND（精神力）6960（5800+1160）

INT（知　力）6960（5800+1160）

LUK（幸　運）4800（4000+800）

【祝福スキル】《恩恵LVMAX》
【称号スキル】《言語理解LV5》《パラメーター加算LV2》《取得経験値補正LV2》
【職業スキル】《意思疎通LV4》《取得経験値シェアLVMAX》
【補助スキル】《木登りLV7》《跳躍《ちょうやく》LV7》《浮遊LV7》《分体LV5》《蜃気楼《しんきろう》LV5》
《必中LV4》
【技工スキル】《解体LV5》《細工LV2》
【戦闘スキル】《絞扼《こうやく》LV3》《投擲《とうてき》LV5》《分体突撃LV4》《分体自爆LV1》
【魔法スキル】《上位属性魔法LV7》《水魔法LV5》《地魔法LV7》《風魔法LV6》
《光魔法LV5》《魔力操作LV6》《魔力感知LV7》
【耐性スキル】《物理耐性LV3》《魔法耐性LV3》《疼痛《とうつう》耐性LV3》
【ユニークスキル】《空間跳躍LV7》《シェイプチェンジLV3》
【祝福】《フェスティリカ神の祝福》
【称号】《異世界より召喚されし者《フブキ》の眷属》

やっぱり《火魔法》は覚えていない。適性がないんだろう。地水火風の火以外のレベルが上がっているが、《火魔法》がないので《四属性魔法》や《全属性魔法》に統合されていない。

ジライヤと違ってスキル頼りの戦い方だから、ところどころレベルが上がっている。

デカくなったのはオロチマルもだ。ひよこのときは両の掌《てのひら》に乗ってたもんな。今や俺が乗る方になった。

名前・オロチマル　年齢・0歳　種族・クルカン
レベル・17　職業・フブキの眷属
HP：12000／12000（10000＋2000）
MP：9700／10800（9000＋1800）
STR（筋　力）6528（5440＋1088）
DEF（防御力）5328（4440＋888）
VIT（生命力）5328（4440＋888）
DEX（器用さ）5328（4440＋888）
AGI（敏捷性）5520（4600＋920）
MND（精神力）4320（3600＋720）
INT（知　力）3744（3120＋624）
LUK（幸　運）3360（2800＋560）
【祝福スキル】《恩恵LVMAX》
【称号スキル】《言語理解LV3》《パラメーター加算LV2》《取得経験値補正LV2》

【職業スキル】《意思疎通LV3》《取得経験値シェアLVMAX》
【補助スキル】《叫声LV5》《跳躍LV6》《強襲LV6》《飛行LV7》《消音LV4》
《歩行〔NEW〕LV1》《走行〔NEW〕LV2》
【戦闘スキル】《状態異常ブレスLV6》《ファイヤーブレスLV7》《サンダーブレスLV4》
《毒の爪LV5》《烈脚LV6》《振り回しLV3》
【魔法スキル】《風魔法LV6》《火魔法LV7》《治療魔法LV5》《雷魔法LV3》
【耐性スキル】《状態異常耐性LV5》《物理耐性LV4》《魔法耐性LV4》《疼痛《とうつう》耐性LV3》
【ユニークスキル】《変幻LV3》
【祝福】《フェスティリカ神の祝福》
【称号】《異世界より召喚されし者《フブキ》の従魔》

なんと《歩行》と《走行》というスキルを得ていた。これもツナデの教育という鞭《むち》、ゲフンゲフン、少し歩き方がよくなったと思ったんだよ。

いやしかし、歩くのと走るのにスキルがいるとは……考えれば鳥だしな。普通走る必要はないか。

あとは、ユニークスキルの《変幻》をほとんど使ってないからか、オトモズの中で一番ユニークスキルのレベルが低い。今度集中的に練習させようかな。

ルーナはハイビーストになってちょっと身体が成長した。人間は魔物と違ってレベルアップで成長しないとナビゲーターは言っていたが、進化では少し大きくなるようだ。

でも、十六歳の頃まで戻るのにはまだ何年もかかりそう。

ザナルさんやミルさんの治療時は欠損部位が少なかったからなんとも思わなかったが、よく考えればおかしいのだ。

ルーナだけが〝年齢〟が0歳になっている。それはルーナが〝生まれ変わった〟ことを意味するのだ。俺は、ルーナを別の人間に作り替えてしまったのだろう。

「イエス、マスター。進化とは〝新たに生まれ直す〟ことであります。すなわち、ルーナは進化した時点で年齢が0歳に戻っております』

……あれ？　もしかしてルーナって、三、四……生後九日目？

進化してからの日数を指折り数えてみたら、九日だった。まさか一歳になるまで、さらに年単位の日数がかかるのか。なんてこった。

『イエス、マスター。けれど上位種族は成長が早いため、適正肉体、いわゆる成体になるまでの期間は短いので、十六歳相当の肉体まで成長するには数年でしょう』

……再び、なんてこった。

まあ、それだと数年で里帰りもできるようになるか。年齢さえバレなけりゃ問題はない。ないよね？　……ちょっと待って。進化は生まれ直すことって、もしかしてジライヤたちも？

『イエス、マスター』

元々0歳だったから気がつかなかった！

名前・ルーナ　年齢・0歳　種族・上位獣族《ハイビースト》（豹）
レベル・23　職業・フブキの眷属、森狩人《フォレストハンター》
HP　8880／8880（7400＋1480）
MP　5450／5640（4700＋940）
STR（筋　力）4560（3800＋760）
DEF（防御力）4560（3800＋760）
VIT（生命力）4960（4200＋760）
DEX（器用さ）3792（3160＋632）
AGI（敏捷性）4296（3580＋716）
MND（精神力）3552（2960＋592）
INT（知　力）2784（2320＋464）
LUK（幸　運）1920（1600＋320）
【祝福スキル】《恩恵LVMAX》
【称号スキル】《言語理解LV3》《パラメーター加算LV2》《取得経験値補正LV2》
【職業スキル】《意思疎通LV3》《取得経験値シェアLVMAX》《罠感知LV4》

【補助スキル】《罠設置ＬＶ３》《罠解除ＬＶ３》《命中率上昇ＬＶ５》《森歩きＬＶ４》
《察知ＬＶ４》《スニークＬＶ５》《瞬脚ＬＶ４》
【技工スキル】《家事ＬＶ３》《解体ＬＶ４》
【武器スキル】《短剣術ＬＶ４》《双剣術ＬＶ５》《弓術ＬＶ３》《投擲術ＬＶ５》
【魔法スキル】《魔力感知ＬＶ４》《魔力操作ＬＶ５》《雷魔法ＬＶ６》《風魔法ＬＶ５》
《闇魔法ＬＶ３》
【耐性スキル】《物理耐性ＬＶ３》《魔法耐性ＬＶ２》《疼痛《とうつう》耐性ＬＶ３》
【ユニークスキル】《獣化ＬＶ２》
【祝福】《フェスティリカ神の祝福》
【称号】《異世界より召喚されし《フブキ》者の眷属》

新しいスキルは習得してないようだが、少しずつスキルレベルは上がっている。

職業がフォレストハンターってなってるけど、それらしいことはしていない……ああ、俺が見てないだけで森に訓練に行ったり、サフェット村でもツナデたちと森に入ったりしてるときにそういう活動してるのか。

ルーナとツナデは先に荷台に用意したベッドに入っていった。そこに入っていくにはちょっと気が引ける。

オロチマルとジライヤの寝床用に敷いた毛皮が視界に入った。オロチマルは丸くなってスピスピ寝息を立て気持ちよさそうだ。

俺はまだ眠くないが、オロチマルの隣に座り込む。すると反対側にジライヤがひっついてきた。オロチマルとジライヤの間に挟まれて、ふっかふかのモッフモフである。

その感触に和《なご》みながら、せっかくだから使ってないスキルのレベルを上げようかと思う。特に、魔法スキルの低レベルなやつ。

【魔法スキル】《全属性魔法LV7》《空間魔法LV8》《重力魔法LV4》《時間魔法LV3》《転移魔法LV2》《状態異常魔法LV4》《魔力操作LV6》《魔法構築LV6》《魔力感知LV4》

以前に隙間《すきま》時間を使って《空間魔法》を連発したのと同じように、《重力魔法》《時間魔法》《転移魔法》を使っておけばよかった。

まずは《重力魔法》からだ。さっきまで座っていた椅子に、レベル1の〈減重《ウエイトダウン》〉と〈加重《ウエイトアップ》〉を交互にかける。どちらか一方を重ねがけすると、椅子が壊れる可能性があるからな。

レベル4で使用できるのは〈引力《アトラクション》〉だ。対象の引力のかかる方向を任意に変更できる。自分の方向に引き寄せたりもできるのだ。

引き寄せるだけなら《転移魔法》レベル1の〈引き寄せ《アポート》〉があるので、使ってなかった。

まあ、引き寄せつつ途中にあるものにぶつけるといった使い方はあるが、そんな器用なことは咄《とっ》嗟《さ》に思いつかなそうだ。

〈アトラクション〉も〈アポート〉も対象単体に作用する魔法で、途中に他のものがあってもそれには作用しない。この対象というのは、それを〝個〟として選択できるものなので、対象と接触しているものの大きさとか接触面とかによっては発動しない場合があった。

応用としては〈アトラクション〉からの《インベントリ》収納とか〈アポート〉からの収納などなど。倒したモンスターの回収なんかで使えるかも。

収納スキルが《アイテムボックス》だったときは、数の制限があったが、《インベントリ》になってその制限がなくなったのは非常にありがたい。《インベントリ》のサイズって総MP由来だから、俺の場合底なしっぽいし。さすがに、海の水を収納とかやったらいっぱいになるかな。やらないけど。

話を戻そう。対象の〝個〟の定義だが、対象が固定されていると、固定の強度によって失敗する。

例えばクローゼット。

扉を〝個〟として選択した場合、蝶番《ちょうつがい》がしっかり固定されていれば〈アポート〉は発動しない。

扉を〈アポート〉する分のMPでは、クローゼットを引き寄せられないからだ。クローゼット自体を対象とすれば当然成功するが、それだと〝扉だけ〟ではなくなる。

では〈アトラクション〉の場合はどうかというと、扉にかかる引力のおかげで、クローゼット自体も引き寄せられる。

これはどの程度の強さで〈アトラクション〉するかによって変わるのだが、基本1Gなので、クローゼットの重さにより動かない。1Gの重力で壊れるようなら、普通に置いてるだけで壊れるからな。で、1G以上の重力を加えた場合、蝶番《ちょうつがい》の耐久度によって、扉が外れる場合とクローゼットを引きずる場合がある。

厩舎の外にお誂《あつら》え向きに、枇杷《びわ》のような実がなっている木があったので、実験してみた。

籠《かご》の中の果実は〈アトラクション〉も〈アポート〉も成功する。

では、木になっている果実はどうか。

結果〈アポート〉は失敗した。木になっている果実を引き寄せようとするなら、まず枝からもがなくてはならない。カッター系の魔法で枝を切ってから〈アポート〉すれば成功する。〈アポート〉単体じゃダメってことだ。

次は〈アトラクション〉を試すが、枝がしなるだけだった。そもそも1Gで落ちてない果実が、重力の方向が変わったからといって落ちたりはしない。捻《ひね》りが加われば別だろうけど。

そこで応用だ。〈アトラクション〉に〈ウエイトアップ〉か〈重力操作《グラビティコントロール》〉の効果を上乗せすることで、果実は物によっては枝からもげて成功する。このとき、加重しすぎると果実が潰《つぶ》れるので注意がいる。

ちなみにレベル5は〈斥力《リパルション》〉だ。

この〈リパルション〉も、基本の1Gでは効果が薄いので、〈ウエイトアップ〉か〈グラビティコントロール〉の上乗せが必要になる。なんだろう、この魔法どこで使うのがいいんだろうか。

『イエス、マスター。通常は戦闘中の相手にかけることで体勢を崩したり、攻撃や防御のタイミングを狂わせたりします。〈リパルション〉は相手が接近できなくすることもできます』

ああ、戦闘時に使用する感じか。なんかそっちの意識が抜け落ちてたな。考え事しながらも魔法を連発していたら《重力魔法》のレベルが上がり、レベル5になった。

レベル6で〈浮遊《フロート》〉という足場から数センチだけ浮く魔法と、レベル7で〈空中浮揚《レビテーション》〉という任意の場所で浮いていられる魔法が使えるようになる。浮くのが《重力魔法》なのが意外だった。《風魔法》あたりかと思っていたけど。

さらにレベルアップのため、ビタンの実に〈リパルション〉と〈アトラクション〉を交互にかけ、「紐なしヨーヨー」と言ってたら、チャチャに怒られた。

「家主ちゃま、食べ物で遊ぶのはよろしくないでちゅよ」

はい、ごめんなさい。魔石でやります。

レベル5まで達したから、《重力魔法》はこれくらいにして他のにするか。

じゃあ次は《時間魔法》にしよう。別にチャチャに怒られたからじゃないんだからね！

《時間魔法》で周囲に影響がなさそうなのは、レベル2の〈感覚遅延《スロウリィ》〉かな。対象の時間感覚を遅くする魔法だ。これを自分にかけると、周りの動きがまるでビデオの早送りになったように感じ、魔法のかかった俺の意識だけが遅くなる。〈スロウ〉と違って精神的な作用なので、思考力のないものにかけても意味はない。

レベル上げをするならレベル3の〈加速《クイック》〉より〈スロウリィ〉の方がいい。無機物にかけても何の影響もないからだ。

対象の時間経過を速くする〈クイック〉をビタンの実にかけると、見る見るうちに腐《くさ》っていくだろう。え、やらないよ。そんなことをしたら、チャチャに叱《しか》られるからね。

自分にかけると魔法の連発がしにくいな。でも、魔石にかけても変化がわかりにくいし。

『スキル《時間魔法》のレベルが上がりました』

しばらく魔石に〈スロウリィ〉をかけていたら、ナビゲーターのレベルアップコールがきた。

レベル4では〈感覚加速《クイックリィ》〉が使用可能だ。対象の時間感覚を速くすることで、今度は周りが遅くなったように感じさせる。思考加速の効果があるのだ。

ナビゲーター曰《いわ》く、思考加速したからって、身体がその速度についていけなかったら動けはしないので、物理的な戦闘より魔法の連続使用とかにいいのだとか。

早く考えられるからといって頭がよくなるわけじゃないし、シンキングタイムが人より多く取れるくらいなのかな？　しかしこれを俺にかければ、魔法の連発間隔が短くなるため、レベルアップにもってこいなのだ。頑張《がんば》ってレベル5になるまでやるぞ。

『スキル《時間魔法》のレベルが上がりました』

はあ、なんか疲れたが、ようやくレベルが上がった。レベルが上がったといえば、ユニークスキルの《コピー》もレベル6になり、非接触でも発動可能になった。

非接触と言っても、自分からせいぜい半径一メートル以内の〝手を伸ばせば触れられる〟距離なんだが。

ここで《空間魔法》とのコラボがチートに作用する。《コピー》自体がチートだと思うけど。任意の場所にスキルを発動させられる〈空間指定〉を使うことで、この〝半径一メートル以内〟という制限がなくなるのだ。

複製品は俺の手の上、大きいものは手が触れられる目と鼻の先に出現する。

これはその場で〈複製《デュプリケイト》〉せずに、〈記憶《メモリー》〉に留めればなんの問題もない。

そんなわけで、目についたものは《コピー》可能となったのだ。ちょっと良心が痛むけど、現物はそのままそこに残ってるから、持ち主にはなんの迷惑もかけていない。

スキルレベル6ということで、〈記憶《メモリー》〉の上限は五十個、制限時間は七日に延びた。

だが、この〈記憶《メモリー》〉はリスト表示されるわけではないので、忘れてしまうこともある。

忘れるってことは、さほど大切じゃなかったってことでもあるんだけどね。

同じように〈記録《ログ》〉もリスト化されない。

〝お袋の弁当〟や〝ペットボトルのお茶〟みたいに、特徴的なものは忘れることはないけどね。似たようなものを何度かやってると、こんがらがることもある。

薪《たきぎ》とかは何度か《コピー》したので、混ざるのだ。今度《コピー》できるものを書き出してみるかな。

「まだ続けられるんでちゅか、おやちゅみちゃれては？」

そう言って、チャチャが温かいお茶を持ってきてくれた。今度は緑茶風味のエント茶だ。

魔法のレベルアップを始めて一時間以上経ったようだ。《時間魔法》を自分にかけていたせいで時間の感覚がおかしい。

「んー、ありがとチャチャ。もうちょっとだけやったら寝るよ」

「ご無理なちゃらないでくだちゃいね」

うちの家政婦さんは優秀な上に気遣いもパナイのである。

最後、これだけやって寝よう。魔法スキル以外もレベル上げが要る。

そう、生命スキルである。レベルアップしたナビゲーター情報では――

『スキルは発動に失敗しても何分の一かの経験値が得られます。マスターは《取得経験値補正》と《スキル習得難易度低下》があるので、発動に失敗しても通常並みの経験値を得られると思われます。さらに《生命スキル補正》があるので、生命スキルのレベルアップはこの世界基準より速いと思われます』

そんなわけで《蘇生術》を使う。

ただし、より経験値を得るためには、対象はなんでもいいというわけではなく、無機物よりは元

〝生きたもの〟推奨とのこと。

《アイテムボックス》でも〝生きたものは収納できない〟という括《くく》りがあったが、その〝生きたもの〟の概念については前に考えた。

植物は収納でき、《空間魔法》の〈固定〉や、俺はまだ使えないけど《時間魔法》の〈停止《ストップ》〉を使えば、生物も収納できることから、〝鼓動が止まっている＝死亡〟ではないかと推測した。

するとナビゲーターから『間違いではありません』と答え合わせがあった。

ナビゲーターもなんでも教えてくれるわけじゃなくて、俺が正解に至らなければ、もしくはそのことについて熟慮しなければ、答えをくれない場合がある。

簡単に正解もらってばかりだと、俺が成長しないからだろうな。

『……』

ふふ、正解みたいだ。

てなわけで、低レベルの《蘇生術》は心臓や循環器を持つ生物を対象としたスキルだと思われる。

植物や、心臓を取り除いたものには、かけても無駄。いや、ちょっとは経験値が入るかもだけど、はなから効果が得られないものにかけても、もらえる経験値が同じとは思えないから。

『イエス、マスター。マスターの低レベルの《蘇生術》は〝心臓〟を持つ生物に対して効果があります』

正解だったようだ。

ということで《蘇生術》が試せるものは……なんだかチャチャに叱《しか》られそうな気がしてならない。

家の中だと、チャチャに内緒で行うのは難しい。家精霊だけあって、見ていなくとも家の中で起こっていることを感じられるそうだ。今では車も家並に管理下にあるっぽいし。

隠し事できないよね。ベッドの下にエ○本隠しても、すぐ見つけられる。お袋よりも……え、いやソンなもの、カクシテナイデスヨ？

……俺の部屋、どうなってんだろ。

は！　いやいやいや。そんなことより、今は《蘇生術》のレベル上げだ。

うん、思考を切り替えよう。ここは家じゃなくて厩舎だし。この前みたいに、効率悪くても無機物にかければいいんだよ。

いつの間にか、御者台からツナデとルーナがこっちをじーっと見ていた。

「寝ないの、フブキ？」

「あ、うん、そろそろ寝ようかな。ちょっとトイレ済ませてくるわ」

何もなかったように厩舎を出て、宿の外にある便所に向かった。


——そのときのツナデたち。

「またなんや、おかしなもん作ろうとかしてたんとちゃうか？」

「考えながら百面相してたね」

「フブキはなんか考え出したら、周り見えへんなるよって」

御者台から引っ込んで掛布に潜り込むルーナに、掛布を肩まですっぽり覆うようにかけ直すツナデ。

「フブキってちょっと変わってると思うんやけど、どうなんや？」

「うーん、あたしも人族のことをよく知ってるわけじゃないから」

『マスターはこちらの一般常識に疎《うと》いですから』

スキル《意思疎通》と《ナビゲーター》のレベルアップによって、フブキを通さずとも《ナビゲーター》と《眷族》の念話が可能となっている。

「そんなん言うたら、ウチかて人族の常識ちゅうんは、よう知らんけどな」

「フブキが作るものって面白いし、楽できるものも多いし、食べ物は美味《おい》しいからいいんじゃない」

「そやなあ、あのクレープちゅうんは美味《おい》しかったわ」

「プリンっていうのも、甘くてプルプルしてた」

「うちは果実の入ったゼリーちゅうやつの方が好きや」

この世界にも動物から取れるゼラチンがあるようだが、フブキが神様にもらった調味料セットの中には入っていない。

チャチャがヴァンカで買い物をしたとき、海藻から作られたアガーを購入していた。

料理に使われたそれを見てフブキは「ゼラチン」だと思い込んだのだ。

料理男子ではないフブキに、ゼラチンとアガーの違いはわからない。

チャチャにイメージを伝えて作ってもらったフルーツゼリーは、ルーナとツナデのお気に入りのデザートとなっている。

◇　◇　◇

翌朝、まずは警ら隊本部へ行く。

昨日もいたらしい警ら隊の人が俺を覚えていたので、すぐに〝女教皇の使徒〟捕縛《ほばく》三名討伐六名分の証明書をもらった。鋼《はがね》の心と合同でなしたため、報酬の半額を受け取れることになっている。

この証明書を冒険者ギルドへ持っていけば依頼達成となり、依頼金プラス報奨金が受け取れる。

依頼の級は結果で決まる形になっていたが、生きたまま小隊長クラスを捕縛《ほばく》したということで、三級となった。

そしてこれが、無事セグレの移動制限解除の依頼としてカウントされた。

そもそも、フェスカの密偵とか工作員ではないという証明のためだから、女教皇の使徒を捕まえたことで疑いは持たれない。

半分とはいえ報奨金も合わせて二十一万オルという結構な金額を受け取り、移動手続きを終えてから冒険者ギルドを後にする。

朝ということもあって、通りに市が立っており、チャチャと少しだけ寄り道をしたが、すぐにセグレの町を出た。

「昨日のうちにバーミリアに行く予定だったけど、バーミリアに行くとまた依頼を受けないといけなくなるんだよな。けど、バーミリアを飛ばすと次の町で怪しまれそうだし」

予定ではセグレに寄らないはずだったのだ。

「ええやん、依頼の一つや二つ」

「うん、ぱぱっと終わらせれば」

うちの戦闘狂がこんなことを言ってます。ルマーナではそう言いつつ、一泊の依頼になったよね。

ソラリアさんが「自分の住むところだから言うのではないが、バーミリアは獣族保護組織の本部もあるし、領都だから、獣族も安心して過ごせる」って言ってたな。

「バーミリアはけっこう都会らしいから、いっそバーミリアで二、三日ゆっくりするのもいいかも」

「ふーん」

「ええけど」

ルーナとツナデが疑惑の目を向けてくる。ええ、なんで？

「家主ちゃまはなんとおっちゃいまちたか？　〝女教皇の使徒〟とかいう犯罪ちょちきを滅殺ちゃれないのでちゅか？」

チャチャから、これまた物騒な単語が……

「あー、今回みたいに出遭ってしまったり、直接俺たちに関わってくるなら対処するけど、わざわざこっちから仕掛けるつもりはないよ」

「ちょうなのでちゅか」

チャチャは俺を正義の味方にでもしたいのか？　なんだか残念そうにしているのだが。

家精霊って、家関係以外に何かしたいことってあるのかな。

『イエス、マスター。家精霊の成長は、単に家の大きさだけではなく、仕える家主の力の大きさも関係するようです。さらに、名声を得ることで精霊王の目にとまれば、新たな力を得ることも可能なようです』

チャチャってすでに〝精霊王の加護〟を持ってるよね。

『いいえ、精霊ではなく家主、すなわちマスターが加護と力を得るということです』

ええ、俺に？　すでに地球の神様とフェスティリカ神の加護があるんですが。

それに追加されたら、チートどころか人外な存在になるような気がするよ。

『そうですね。このグラゼアでも、過去に二柱以上の神から加護を得た者は、片手で数えられるほどです』

あ、いたんだね、一応四、五人は。

『まま、フブキまま。人いなくなったよ。乗って、乗って』

『むう、今日はオレが乗せる』

暴走箱車というほどでもないが、他の車より倍くらいの速度で走らせているうちに、周囲に人影がなくなり、オロチマルが乗るように言ってきた。

オレ的には、オロチマルが周りの状況を判断できるようになったことに驚きと感動を覚え、すぐにも乗っていこうかとも思った。けど、ジライヤの言うことも無下《むげ》にできない。ここのところオロチマルに続けて乗ったしな。

「じゃあ、前半ジライヤで、後半オロチマルにしようかな」

『ええ～』

『ふっふっふ』

ジライヤのドヤ顔って珍しいな。箱車を収納してジライヤに跨《また》がった。

「ほな、ウチとルーナが乗っちゃるで、オロチマル」

ツナデとルーナがオロチマルに乗るのを確認して出発する。

行くぜジライヤ、街道を突っ走ろう！

◇　◇　◇

バーミリアまで残り少しというところで、天候が崩れてきた。

「お昼食べてるときから曇ってきてたもんね」

ルーナが空を見上げて呟《つぶや》く。

「このまま突っ走ってもいいんだが」

冒険者ギルドで時間を食ったせいで、町を出る時間が遅くなった。昼にはバーミリアに着くかと思ったんだが……途中ゴブリン見つけて倒したり、コボルト数体とスマッシュボアがやりあっていたところに割って入ったりする戦闘狂がおりました。はい。おかげでオロチマルがレベルアップしましたよ。漁夫の利ではありませんが、スマッシュボアは美味《おい》しいらしく、俺たちの昼食になりました。

「ハーブをちゅりこんで、一晩置いた方が美味《おい》ちいんでちゅけど」

チャチャがちょっと残念そうにしていたので、〈複製《デュプリケイト》〉したものを熟成に回しておく。

昼食後は、オロチマルに乗って空の旅だったのだが、徐々に雨脚が強くなってきたため、ログハウスを出せる場所を探すことにする。

どっちにしろ、今日はバーミリアの手前でログハウスを出す予定だったから、少し早まっただけである。

街道から少し離れたところによさげな森があったものの、ちょうどいい空き地がないから伐採《ばっさい》してスペースを確保するか。

俺の心を読んだように、ツナデが「まかしとき」と言いながら、オロチマルの背から飛び降りる。

すると足元の土が、そこに生えてる木ごとゴゴゴと音を立てて、円形に外に向かって移動していった。

数分後には家を出すのに十分な更地が目の前にでき上がっておりましたとさ。

「おお、ツナデ、サンキュー」

「こんなん、朝飯前やで」

移動した木々が目隠しになっているのだが、更地を囲むようにさらに伸びていった。

家を出したら、ルーナが倉庫の方のドアを開ける。オロチマルが玄関から入れないので、最近は倉庫から出入りしているのだ。

玄関を大きくするべきか……

玄関からの出入りにこだわりがあるわけじゃないから、別にこっちが出入り口でも構わないけど。

「すぐにお風呂をご用意ちまちゅね」

俺がオロチマルを拭《ぬぐ》っているうちにお風呂の準備ができて、ルーナとツナデが先に入っていった。

「風邪ひかないようにあったまれよ」

「わかったー」

うん、返事はいいな。

今度温風の出るドライヤーの魔道具とか暖房の魔道具とか作るか。布団乾燥機的な魔道具で寝床を温めるという手もあるな。

そんなこんなで俺が革鎧の手入れをしていると、ルーナがもう出てきた。

「あったかくしろよ」

「うん、暖炉の前で乾かす」

チャチャが竈《かまど》兼暖炉に火を起こしてくれているので、すでに部屋はあったまっている。

俺とジライヤが風呂から出ると、チャチャがお茶とお菓子を用意してくれていた。

あったかいお茶と蜂蜜《はちみつ》とフルーツのクレープだ。雑食なオロチマルも食べる。唯一フルーツを食べないジライヤには、ぶっといトライデントジャイアントゴートの大腿骨《だいたいこつ》をあげた。あれだと、ジライヤの通常サイズでガジガジできるのだ。

クレープはプリンとフルーツゼリーに次ぐ、ルーナとツナデのお気に入りおやつでもある。冷やして固める時間がいらないから、チャチャッと作れるしね。チャチャがチャチャッと。なんてね。あ、冷やし固める時間って〈クイック〉で短縮できるんじゃなかろうか。

「ご馳走《ちそう》さま、チャチャ」」

「美味《おい》しかったよ」

「どういたちまちて」

デザートをお代わりしたルーナとツナデが満面の笑みで、それに続いて皿を片付けながら俺もチャチャにお礼を言ったときだった。チャチャの身体が光に包まれた。

「「チャチャ?」」

「なんか光っとるで」

『眩《まぶ》しい』

「ぴいっ」

これってジライヤたちの進化のときと同じような光だ。チャチャの場合は階位が上がるやつか。前に名前をつけたときは、台所精霊《キッチンブラウニー》から家事精霊《ハウスワーカーブラウニー》になったんだよな。

光が収まると、そこには心持ちすらっとした姿に変わったチャチャが、驚愕《きょうがく》の表情を浮かべていた。

「まさか、こんな短期間でまた階位が上がるなんて」

はっ!! 喋《しゃべ》りというか滑舌《かつぜつ》がよくなってる！

体長はキッチンブラウニーのときは十五センチ、ハウスワーカーブラウニーのときで二十センチくらいだったのが、三十センチくらいに大きくなっている。羽も大きくなった。よく見たら今までの二対の他に、下の方に細いのが増えていて、三対になってる。

そして、エプロンがメイド仕様からロングのカフェエプロン。ほら、小洒落《こじゃれ》た喫茶店のウエイターがつけている、前でキュッと縛《しば》るやつ。

頭は三角巾ではなく帽子。ベレー帽？　パティシエとかショコラティエとかがかぶってそうなやつだ。

全体的に刺繍《ししゅう》のような縁地に金色の模様が入っていて、ゴージャス感があるなあ。

くるりとその場で回ると、エプロンの後ろはホルターネックになっていた。

白いブラウスに、下は今までのダボッとしたのと違って、シュッとしたパンツになっている。

何よりシルエットが、ププちゃん人形——子供がミルクあげたりおむつ替えたりして遊ぶ人形だよ——あーゆー感じから、すらっとしたミカちゃん人形タイプになった。

「家主様《ぬし》、ありがとうございます。家主様がわたくしの働きをお認めくださったことで、階位を上がることができたようです」

なんだかチャチャがチャチャでなくなったような、いきなり変わりすぎじゃね。

「執事精霊《バトラーブラウニー》としてより一層励む所存です」

あ、執事なんだ。

そのせいか、今まではどちらかといえば女の子っぽかったのに、男の子っぽい雰囲気《ふんいき》になった。

チャチャって女の子っぽい名前だったけど、よかったのかな。

ステータスはこんな感じだ。

名前・チャチャ　種族・執事精霊《バトラーブラウニー》
SP・76800／1000000
心・○　技・◎　体・○

SPが一桁《けた》増えた。心技体は、体だけ△から○にアップしている。

【スキル】《恩恵◎》《家事全般◎》《ダブルポケット○》《屋敷管理○》《お使い◎》
《属性操作◎》《属性生成○》《補修○》《お手伝い△》
【属性】《四属性◎》《上位属性○》
【加護】《精霊王の加護》
【祝福】《フェスティリカ神の祝福》
【称号】《異世界より召喚されし者《フキ》の契約精霊》

《ポケット》が《ダブルポケット》にランクアップした。そういえば、前はエプロンの正面というか前にポケットは一つだけついていたが、今は左右に一つずつで二つになっている。

『イエス、マスター。二つになったことで、容量が増加しただけでなく、片方が〝食材〟で、もう片方が〝道具〟と仕分けできるようです』

《ポケット》は俺の《インベントリ》と同じで、中で混ざるわけではないけど、一応仕分けできる方がいいのかな。

《家守り》と《留守番》がなくなって《屋敷管理》になってる。統合されたか上位互換ってところか。新しいものは《補修○》だ。完全に壊れてしまったものは無理だけど、部分的なものだと修理できる。これは、家財道具だけでなく建物も含まれるようだ。

《お手伝い》は一時的に近くにいる《家精霊》にお手伝いを頼んだり、反対に手伝ったりできるそうな。

「家主様、少し魔力をいただいてよろしいですか？」

その姿でちゅーちゅーするの？　あ、〈MPギフト〉ですね。はい。

「いいよ、チャチャ」

今のチャチャにおいでおいでをするのはなんだかこっぱずかしいな。そして満タンになるように〈MPギフト〉をかける。

『スキル《ギフト》のレベルが上がりました』

「ありがとうございます。では、少し目を閉じていただけますか」

そう言ってチャチャが両手を広げて目をつむると、チャチャから光が迸《ほとばし》る。

眩《まぶ》しさにみんな目を塞《ふさ》ぎ、ジライヤは俺の影に沈んだ。

「もう目を開けていいですよ」

目を開けると、一仕事終えましたとばかりに、チャチャが額の汗を拭《ぬぐ》うような仕草をした。

「あれ？」

「なんか家大きゅうなってへんか」

『広くなった』

「ぴいっ？」

オロチマルだけはわかってなさそうだけど、部屋が広くなった……というか、壁というか扉も増えている？

笑顔のままふらつくチャチャを、思わず両手で支える。さっき、チャチャのSPを満タンにしたのにもう枯渇《こかつ》寸前だ。慌《あわ》ててもう一度〈MPギフト〉をかける。

「〈MPギフト〉、なんで減ってるの？　あ、もしかして家を改築したからか」

「はい、《屋敷管理》の力の一つです。家主様が、オロチマル様がたが大きくなったことで不便を感じていらっしゃいましたから。ただ、私の能力では少し広げることが精一杯でした」

「いやいや、無理しないで、チャチャ。俺の《錬金術》でなんとでもできるんだから」

「いえ、家主様のおかげで階位を上がることができたのです。チャチャのできることはお任せくださされば……」

できすぎ精霊のSPを満タンにした後、労《ねぎら》いつつ夕食まで休むように言ったが、俺たちが起きてるとそういうわけにもいかないようなので、俺たちも昼寝をすることにした。昼寝って贅沢《ぜいたく》だよな。チャチャが大きくした玄関扉は、オロチマルが余裕で通れるようになっていたため、みんなで玄関から出入りできるようになった。いや、それ普通のことだよな。

◇　◇　◇

「うわー、おっきいね」

「なんか今までの街と違って都会感がパネえ」

街の数キロ手前で箱車を出した。宿でキッチンカーと入れ替えるためだ。

そして、到着したバーミリアの街は区画整理され、主要道路は石畳《いしだたみ》できちんと舗装《ほそう》されていた。

何より建物が違う。五階建てとかざらにあり、窓もガラスが多用されている。

透明度はあるが、若干歪《ゆが》んでいるレトロ感溢《あふ》れるガラスだが。

また、大きな通りは車が右側通行だった。そう決められているみたいで、俺たちもそれに合わせている。

門では領兵が立っていたのだが、装飾のされた高級そうな門と普通の門の二つあった。

やっぱり高級な門は貴族様専用だった。

ソラリアさんが貴族だって言ってたし、この国は貴族が支配する――頂点は王様ではなく大公だが――国家なんだと、改めて思い知る。

貴族制度が、俺の思ってるような中世から近代ヨーロッパな感じだと嫌だな。

ソラリアさんはフレンドリーだったけど、自分で「末席も末席」と言ってたし。

貴族とはかかわりたくないので、ここは早めに移動した方がいいかな。

「冒険者ギルドに寄って、さっさと依頼こなして、次の町に行こうか」

「あれ、バーミリアの街でゆっくりするんじゃなかったの」

「うーん、あんまりゆっくりしない方がいい気がする」

街の中は行き交う人が多いが、今までのように冒険者然とした格好の人がほとんどいない。人族の姿しかないし。それは当然か。獣族保護してるって言ってたから、もっと街中《まちなか》にいるのかと思った。

適当に《鑑定》しても人族ばかりだ。ルーナのように、フードや帽子で頭を隠している人も《鑑定》してみたが、人族だった。

《アクティブマップ》で探してみると、街の中にも獣族はいた。どうも固まっている。街中《まちなか》をうろつくことが危険なのか、もしくはカリンやポコたちのようにどこかに保護されているのではないかと思う。なんにせよ、どういう状況かはわからないが、建物の中に固まっている。

ソラリアさんは「バーミリアはおすすめ」みたいに言っていたが、大きい街だけあって、獣族にとって安全かもしれないが、住みよい場所ではないのかもしれない。

そんなわけで、せっかくの都会だったのに、なるはやで街を出ることを考えた。

「ルーナ、街中《まちなか》では絶対帽子を取らないようにな」

「うん、気をつける」

「チャチャも、ここでの買い物は諦《あきら》めてくれ」

「わかりました、家主様」

宿探しはやめて、すぐに冒険者ギルドへと向かう。

しかし、隣国なのに、ヴァレンシ共和連合とロモン公国は随分と違う気がする。

ナビゲーターが言うには、獣族と人族という種族の違いが、国のありように反映されているとのこと。

隣国で友好国だが、接点がオレイン山と断絶の山脈の間の小さい地域だし、文化の交流は少ないのかな。

テルテナ国もロモンに比べたら時代が古いというか、文明が遅れている感があった。

どうも戦争に負け、海を越えて新天地を探して大陸を渡ったテルテナ国は、技術者が少なかったせいで、再現できなかった技術が多かったらしい。

元々獣族しかおらず、エバーナは通貨もないほどの原始的な生活だったしな。

あそこにもドワーフはいたが、ミスルで武器屋をしていたドワーフのドランは「父親を追ってこの大陸まできた」と言っていたから、みな移民なのだろう。

ルマーナはロモン公都から遠く離れているし、ヴァレンシ側のゼテルの町とすっごく近かったから、ヴァレンシの影響を受けてたのかもしれない。

これから先は人族の国ばかりだ。ちょっと気を引き締めた方がいいだろう。

多分に取り越し苦労になりそうではあるが、用心に越したことはないという考えで、都会を避けて進むことに方針を変えた。

都会の冒険者ギルドの中はちょっと小洒落《こじゃれ》ているというか、冒険者も小綺麗《こぎれい》な人が多かった。

入ろうとしたら、横から声をかけられた。声の主は見慣れた冒険者の格好をしていたので、普通の冒険者もいるんだと、なんだかホッとした。

「この辺りじゃ見かけない顔だが、他所《よそ》から移ってきたのか」

「ああ、ヴァレンシからきた」

「だろうと思った」

引き留められた理由を聞いてびっくりだ。バーミリアは大きな街なので、冒険者ギルドは支部も合わせて三ヶ所に建物があるが、どこの冒険者ギルドも入り口が二ヶ所ある。

片方が一般用で、今日の前にあるのは〝貴族〟専用の入り口だった。

街の門だけじゃなく、冒険者ギルドも入り口が別だったよ。

貴族の出す依頼が受けられるのは、ギルドに認められた冒険者のみ。そして依頼内容は護衛とか荷物や手紙の運搬とか。普通の依頼はこっちにないらしい。

留めてもらえて感謝である。トラブルの予感しかない。

引き留めてくれた冒険者に礼を言って、裏側の一般用の入り口に回る。

そこは、見慣れたいつもの冒険者ギルドだった。

ルーナを箱車に待たせ、俺一人で中に入ることにする。ツナデも今回は一緒に待っていてもらうことにした。

よさげな六級依頼を探すが、こっちも護衛依頼が多い。移動途中で倒したモンスターは条件には含まれないのだそうだ。依頼扱いにして、お金はくれるけどね。

素材納品があると思ったら、近くの湖にいる希少魚の納品だった。魚獲りはきっと地元の漁師に迷惑かけそうな気がする。

あ、これよさそうかも。カシデの町までの急ぎの荷物の運搬。護衛じゃなくって運搬だから、移動速度はこっちで調節できる。しかも、急ぎということで五級依頼だ。

しかしこういう依頼の場合、移動制限はどうなるのだろうか。

「カシデで荷物を届けて、向こうの冒険者ギルドで依頼達成処理をします。移動先でもバーミリアの条件が達成されたことが確認できますから。でも、向こうは向こうで依頼受注しなければなりませんよ」

結局、カシデの移動制限でまた依頼を受けないとダメってことか。

「一応五ヶ所の条件が達成されれば、大きな街以外の制限はなくなりますよ」

バーミリアで三ヶ所目、カシデで四ヶ所目か。

まあ仕方ない。この依頼を受けて、早々にカシデの町へ行こうか。

「では、街の西区にあるオットーの加工工房で荷を受け取ってください」

職員から簡単な地図を受け取り、冒険者ギルドを出た。

「依頼あった？」

討伐とかモンスターの素材納品とかの依頼を期待していそうなルーナたちには悪いが。

「次のカシデの町までの荷運び依頼な」

「「ええ～」」

やっぱりだ。

何の加工工房かは聞いていなかったが、魚の加工工房だった。

樽詰めにされた塩漬《づ》けの魚の運搬。カシデまでは乗り合い獣車だと四日の距離だ。

「おお、でかい荷車持ちで助かったぞ」

そう、護衛なら車は依頼主が出すが、運搬は冒険者側が用意しなければならない。

「これなら予定の倍は積み込めるな」

工房の主人のオットーが嬉しそうに荷物を積み込んでいる。減重の魔道具は重さ二分の一バージョンしか作っていないけど、五分の一バージョンとか十分の一バージョンも作った方がいいかな。

「出発はいつじゃ？」

「荷の積み込みが終わり次第出発します」

「そうか、ちょっと待っててくれ」

一度引っ込んだオットーが、何か小箱を持って戻ってきた。

「これをハンス、荷の届け先の主人に渡してくれ。割れ物だから気をつけてな」

「なんですか？　依頼の荷物とは別ですか」

「うむ、孫の誕生祝いじゃ。本当はワシも荷についていくつもりだったんじゃが」

おい、聞いてないぞ。人を乗せたら途中で《インベントリ》に収納したり、キッチンカーと交換したりできなくなるだろ。

「別の注文を受けて急ぎの仕事が入ってな。だから、泣く泣くあんたたちに託すんじゃ。しっかり頼むぞ」

ついてこられるよりはマシかと、その荷物も受け取った。

どうも、オットーの娘がハンスのところに嫁いでいるそうな。孫の七歳の誕生日が近いらしい。

このあたりじゃ、七歳の節目でお祝いするんだそうだ。

通常四日の行程なので、三日以内に届ければ追加報酬、五日以上かかれば減額される。急ぎというのは、そういう条件もついてきた。

工房を離れて門に向かう途中で、先に祝いの品を《インベントリ》に収納しておく。割れ物らしいからな。

それにしても、けっこうな重さの樽十二個、一つがデカくて三十キロくらいありそうなんだが。

減重の魔道具プラス、俺が〈グラビティコントロール〉でさらに軽くしている。

早く収納したいが、でかい街だけあって、南門まで遠かった。

俺たちは街の北の門から入ったが、公都に行くなら東門、カシデに向かうなら南にある門から外に出て、南東を目指すのだ。

カシデからさらに南東に進むと、衛星都市の一つであるガンテの街がある。バーミリアと同じような街なら、スルーした方がいいだろうな。

街を出た後は街道を行き来する商隊や獣車が多く、俺たちも前後を他の獣車に挟まれてしまい、並んだまましばらく箱車で移動する形になった。

横に逸《そ》れたり、速度を変えたりとかは、怪しんでくれと言ってるようなものだ。仕方ないので、外からは見えない樽だけ《インベントリ》に収納する。

衛星都市を巡る街道を行く車は、こうやって連なることで、盗賊や魔物を寄せつけないようにするのが一般的なんだとか。それに、道はかなり整備されており、魔物も定期的に公国軍が狩っているため、安全度はかなり高いみたい。どちらも道中全く現れなかった。

街道沿いは、テルテナやヴァレンシよりも村や街との間隔が狭く、獣車で一～二時間も進めば村があるのだ。

さすがに途中の村は二、三階建ての建物ばかりだったよ。ただ治安がいいのか、村は簡易柵で囲まれているだけで、サフェット村のような魔物よけの石壁がなかった。

この日は周りの速度に合わせて進んだため、カシデの町までの四分の一ほどしか進めなかった。

このあたりは隠れられそうな森もなく、ホーガという村の宿で一泊することになった。

この村は南のシッテニミ国が近いため、大きな宿がいくつもあった。シッテニミには良質の鉱山があり、取引が盛んなんだそうだ。

ホーガの村では車庫だけ借りた。三方の壁はあるが、屋根がなかったよ。出入り口は前も使ったタープで塞《ふさ》いだが、オロチマルとジライヤも、今回は荷台で休むことにする。食後に俺は、宿の食堂兼酒場で情報収集をすることにした。そういえば、ペリシュリンホースの親子は元気かな。

そこで、泊まり客の冒険者パーティーから話を聞くことができた。

「ロモンの衛星都市には軍が駐屯していて、そいつらが魔物退治をするから、このあたりは冒険者に魔物退治の仕事が回ってこないんだ」

酒を奢《おご》ると、ジローと名乗った剣士の口がよく回ったよ。

どうりで、運搬とか護衛の依頼が多かったわけだ。

「あたしらはシッテニミで稼いで、ロモンで使うの」

チータという斥候職《スカウト》の女性は酒より甘味がいいようで、前に作ってあったオラージュやシャイニーの実とハニービーの蜂蜜《はちみつ》をかけたクレープを進呈した。

ロモンでは魔道具が多く作られているため、冒険者にとっても役立つものが売られているのだとか。

「ロモン公都と衛星都市周辺じゃ稼げんからな。シッテニミにはミスリル鉱石のとれるダンジョンがあるから、このあたりの冒険者はそこへ向かうか、東のアラキドン山脈に向かうんだ」

おお、ダンジョン。酒より食い気の大斧使いのバンギッシュが、肉をもりもり頬張《ほおば》る合間に教えてくれた。

「あなたもシッテニミに行くの？」

甘い蜂蜜《はちみつ》酒を飲みながら、甘いクレープを摘《つ》まむ、魔法職のレイレレが俺に聞いてきた。

なんだか見ているだけで甘い。

「いや、今は運搬の依頼中だけど、それが終わったら、知り合いを探しにスーレリア王国に行く予定だ」

「「「「スーレリア？」」」」

なぜか四人揃って驚かれた。

スーレリア王国のよくない噂は、いくつも国を挟んだロモン公国にも流れてきている。

その噂が真実かどうかわからないし、確かめようもないからか、尾鰭《おひれ》がついて怪しい話になっているという。

面白おかしく話しながら、話半分に聞いとけと言われた。

王宮には人食いの王女がいる。実年齢はすでに四十を超えているはずが、人を食うことで十代の若さを保っているだとか。

怪しい儀式に生贄《いけにえ》を捧げており、その儀式のために周辺諸国から人をさらっているとか。

冒険者に高報酬の依頼を出しているものの、高い級の冒険者ほど帰ってこないとか。

鎖国をしていることから、流れてくる情報は少ないのに、怪しい噂がいっぱい。行き来できるのは冒険者くらいとは聞いていたが。

スーレリア王国、怪しさ満載である。

翌朝は誰よりも早く開門前から門前で待ち、開門とともに出発して後続を引き離した。それでようやく箱車を収納することができた。

そして、オロチマルにみんなで騎乗し、空を飛んでカシデの町にあっという間に到着である。

荷台に樽を戻して準備を終えたら、門へ向かう。急ぎの依頼なので野営もそこそこでやってきましたと言えば、この時間でも問題ないだろう。

門でハンスの店を教えてもらい、荷物を届ける。商店の従業員に手伝ってもらって荷下ろしを終えると、依頼票にサインをもらう。

「二日で到着なんて速かったですね。この時期は街道が混んでたでしょう」

「うちの従魔は脚が速いんだ」

そして評価は〝優〟で追加報酬ありということだ。誕生日プレゼントも忘れず渡した。いや実は忘れかけていたんだが、荷下ろし中にハンスの奥さんと子供が、珍しい従魔だと言ってジライヤとオロチマルを見に姿を現したことで思い出した。危ない危ない。

配達した樽の中身は塩漬《づ》けの魚なんだが、ロモンは海がないので、バーミリアの西のシューシュ湖で獲れる魚の塩漬《づ》けは高級食材なんだと。

俺はエレインとヴァンカで手に入れた海の魚があるから、塩漬《づ》けには手を出してない。チャチャも新鮮な海魚があるからか、手を出そうとはしてなかったな。

え、シューシュ湖って塩湖なの？　じゃあものの試しに、樽を一つ《コピー》しておくか。

これでバーミリアの条件達成だが、次はカシデの分が発生する。

カシデの町もそこそこ立派だったので、ルーナたちは箱車で待機だ。だから、依頼は俺一人で物色する。

「あー、シャールまでの荷物の運搬がある。これだと、途中のガンテをすっ飛ばしてシャールまで行ってもいいのかな」

これは冒険者ギルドの依頼のようだ。職員曰《いわ》く、シャールまでの移動のため途中のガンテ、バッセ、エミダンの三ヶ所に寄ったとしても、この依頼中は移動制限が免除されるらしい。ありがたい話である。

運搬依頼なのに三級っていうのも驚きだが、大事なものだから信用のおける冒険者じゃないと任せられないそうだ。

一応面接まであった。相手はカシデの冒険車ギルド副マスター。スキル《鑑識》持ちだった。

獣族の子供連れだけど、ルーナのギルドカードの裏に、ローエンとルーンのギルドマスターのお墨付きがあったことが幸いした。

俺たちは依頼を失敗したことが一度もないし、信用度は高かったのよ。運搬依頼だから、ルーナたちには不評だったけどね。それと飛行従魔がいるため、移動速度が速いこともよかったようだ。

そんなわけで早々にカシデの町を出発し、ガンテの街を目指……さず、ガンテをスルーすることにして、街道を少し外れて移動することにした。ガンテも衛星都市の一つだから、バーミリアみたいな雰囲気《ふんいき》だったら嫌だなと思ってね。

街道を外れたので、オロチマルに乗る。オロチマルは『わーい、ボクが乗せるの～』とご機嫌だ。

いや午前中も乗ったよね。

そして……しばらくは街道が見えるように、道に沿って平行に飛んでいたのだが。

「全然モンスター現れないね」

「そやな、見かけんなあ」

『飛んでると、においがわからないが、気配もない』

チワワサイズで一緒にオロチマルの背に、というか今回はルーナの前に座らされているジライヤは風に目を細めている。

さすがに上空までにおいは上がってこない。そもそもオロチマルは、飛行中は風の結界で風圧を防御してるからな。

これは、オロチマル自身が意識して発動しているのではなく《飛行》スキルの効果らしい。

乗ってる俺たちにも効果があるのかと考えてたら、ナビゲーターが『捕らえた獲物を運ぶ際にも有効で、接触しているものに効果があるようです』って教えてくれた。

そうでないと、せっかく捕らえた獲物を落としそうだよな。これは、ワイバーンも持ってるスキルなんだって。

しかし、魔物が出ないっていいことだよね。

何代か前のロモン公が、衛星都市を繋ぐ街道から内側にある、モンスターの棲家《すみか》になりそうな森や山から、徹底的にモンスターを排除したらしい。

おかげで公都を中心とした衛星都市を繋ぐ街道付近までの、かなりの範囲でモンスターがほぼいない。いや、小さいのはいるみたいだけど。

その状態を維持するため、定期的に公国軍が巡回しており、ロモン公国の公都周囲は平和だそうな。

おかげで冒険者の仕事はないけどね。なのに、移動制限の解除のために依頼を受けないとダメってことになったら、そりゃあ周辺諸国に移っていくだろう。

そんな中で新たにロモンへやってくる冒険者は、フェスカの回し者かもしれないってことで怪しまれるのだ。

ガンテから南東のバッセに向かう道は、軍の巡回路から外れている。俺たちはガンテの街を横目に見ながら、このガンテからバッセへと続く街道に平行して、シッテニミとの国境に近い場所を飛んで移動している。

シッテニミの国境を越えるとすぐリノール山があり、ガンテの東の衛星都市であるモハルトの東にはアラキドン山脈があるため、ロモンの東側はそれなりにモンスターが出るようだ。

カシデを昼過ぎに出てからは、一時間おきに休憩をとっている。ジライヤが小さくなったままだし、オロチマルも飛びっぱなしなので、ＭＰの補給を行なった。

シッテニミとの国境に近いところにも道があったが、人の行き来はほとんどなさそうだ。

「ねえ、あっちの道沿いに行こうよ」

「ええんとちゃうか」

『ふむ、いいな』

『なあに～？』

チャチャが淹《い》れてくれた、あったかいお茶を飲んでいると、みんなそんなことを言ってきた。

戦闘狂どもめ。そんなに戦闘したいの？　モンスターがいなくて平和でいいじゃんか。

しかし、四対一で俺の意見は通りませんでした。

人の通りが少ないということは、定期的にモンスターの討伐はされていないということ。

町や村は大きな街道沿いにあり、シッテニミとの国境付近にはほぼない。

リノール山には良質の鉄や銀、そしてミスリルも採《と》れる鉱山があるとかで、そのあたりには村もあるが、国境のこっち側にはなかった。

じゃあ、その国境近くの道を行きますか。飛ぶのはやめて歩くことにします。

俺はまるっと寄生プレイですね。俺が戦闘してなくとも、うちの戦闘狂たちが倒すとですね、経験値がどんどこ入ってくるわけですよ。

いや、もう寄生プレイを超えて、姫プレイかも。経験値以外も差し出されてるもん。

倒したモンスターの素材とか魔石とかをね、俺のところまで持ってきてくれる〝貢物《みつぎもの》〟がありましてね。守ってもらってるわけじゃないけど、俺ってば姫の立ち位置ではないでしょうか。気持ちは完全に姫プでございます。

『レベルが上がりました』

あ、ついに俺のレベルが上がってしまった。これでオロチマル以外、全員がレベル上がっちゃったよ。そろそろ終わろうよー、野営できる場所探しに行くよー。

アラームターキーは、MR・Dの七面鳥系のモンスターで、お肉が美味《おい》しいそうだが、羽根も素材になるようだ。ブラックターミガンとどっちが美味《おい》しいのかな。

オロチマルがファイヤーブレスを使うと、羽根が取れなくなるのはまあいいけど、血抜きする前に焼けてしまうので、味が落ちる。……そうチャチャが残念がっている。

だからってなんですかね、得意属性魔法封じの縛《しば》りプレイとか、どこで覚えてきたのですか、あなたたちは。

フォレストバットはMR・Eの蝙蝠《こうもり》系モンスターで、翼を広げると一メートル以上あって大きいけど、可食部は少なくて美味《おい》しくないという。皮膜が伸縮性があって防水効果もあるので、何かに使えそうな気はする。

そんなこんなでガンテの街より北のシッテニミの国境近くでお泊まりすることになった。

明日バッセの町に寄ったら、エミダンの町はスルーしていいかな。

「お疲れ様です、家主様」

チャチャがそう言って迎えてくれるけど、肉体的には疲労はしていない。疲労は主に精神的なもの。

広くなったお風呂にゆっくり浸かろう、うん、そうしよう。

◇　◇　◇

昨日そこそこ戦闘したので（まあ、あんまり強いモンスターはいなくて、M R・F のゴブリン十四に、たまにEのオークとフォレストバット。ランクの高いのは、アラームターキーでDだった。数はそれなりに倒している）今日は移動しよう。

今日はジライヤに乗せてもらっている。時々自分で走るけど。乗せてもらってばかりだと、運動不足になりそうな気がする。

昼にはリノール山の近くまで来た。バッセの町に寄るつもりだったが、国境沿いを移動したせいで通りすぎてしまったよ、ハハハ。

リノール山周辺は時々モンスターが出るんだが、ジライヤがいるだけで、モンスターがびびって逃げるので、時々《遁甲》して気配を消してもらう。するとモンスターが寄ってくるんで、ちょこっと戦闘する。

ツナデはオロチマルと空の上なので、気配を消すまでもない。

そして、遠くに中央山脈がはっきり見えてきたあたりで、手前にエミダンの町が見えてきた。

エミダンはシッテニミの国境近くにある町だ。ここの冒険者ギルドでモンスター討伐の処理をするかな。

エミダンの町の冒険者ギルドは賑《にぎ》わっていた。このあたりは山や森が多く、依頼は豊富だった。それに、シッテニミで稼いだ冒険者が、シャールに魔道具を買いに行く途中に寄るのだそうな。シャール以外でも魔道具は買えるけど、運送費がかかってお高くなるから、冒険者は直接買いに行くのが普通らしい。

エミダンの冒険者ギルドで移動の手続きをする。

街道周辺の魔物退治は一括六級依頼になった。ゴブリンだけだともっと級が低かったんだが、オークやフォレストバットもいたので六級だった。ただしこれは制限解除の条件にならない。

ちょうどアラームターキーの肉納品五級というのがあったので納品した。これのおかげで、エミダンの条件達成になった。

寄り道も全く無駄ではなかったかな。それと、輸送中の荷物の中身の確認をされたよ。途中でそんなことするって聞いてなかったけど、まあ中身十級以上の魔石だから仕方ないか。

一応中身は〝大事なもの〟とは言われているが、詳しくは知らないことになっている。なんで知ってるかって？　興味本位で《コピー》したから。そしたら、けっこうMP持って行かれて。

魔素を大量に含むものを〈複製《デュプリケイト》〉すると、かなりMPを持っていかれる。まあ、俺にとっては微々たるものだが。

そして、冒険者ギルドのカードの賞罰はこうなった。

賞罰／

ルマーナ・達成

セグレ・達成

バーミリア・達成

カシデ・受注中

エミダン・達成

シャールに荷物を届ければ、五ヶ所達成である。そして、依頼達成数の方は、七級以下がカウントされないってことで消えている。表示はされてないけど、情報としては入っているので、冒険者ギルドの不思議魔道具にかければわかるそうだ。

【依頼達成】

六級・5／4／0

五級・3／2／0

○四級・4／2／1

三級・4／0／0

二級・1／0／0
一級・1／0／0
【討伐】

ルーナの依頼達成については、七級になってからの分しか記載されていない。七級になったのはギルドマスターが認めたからで、それまでの依頼数が加味されないようだ。

ちなみに、成人していて、冒険者になる前に狩人とか兵士とか前職があったりすると、アイアンをすっ飛ばしてカッパー《八級》からスタートできる試験もあるそうだ。

俺のときにはそんな話を聞かなかったのは、実績がなさそうに見えたからかな。実際なかったけど。

それ以外でも、実力が認められれば九級以上からスタートすることもあるんだとか。ほら、貴族とか貴族とか貴族とか。


昼食後は商店をチラ見して（山と森が近いせいか、特産なのか山菜とかキノコのオイル漬《づ》けなどの加工品を発見）、その間に服のお店を見つけた。

冬用の服を売っていたのだ。そこで子供用のよさげなコートを発見。今は尻尾《しっぽ》も隠しているし、防寒用として、上からはく尻尾《しっぽ》穴のないズボンも購入した。

俺の方も冬の寒さに耐えられるように、ズボンやシャツを購入。革鎧の上から着られるようなセーターがあったのでそれと、ブーツの上にはくレッグウオーマーみたいなものも購入した。

ツナデのポンチョの加工がまだだったので、ここでフード付きローブを購入する。服は動きにくいと却下された。

店のおじさんには、従魔に服を着せようとしてるって、呆《あき》れられたけどな。でも、このあたりはあと二ヶ月もしないうちに、雪が降るんだよ。店のおじさんがそう言って、冬物を勧めてきたんだし。

結構な散財をしてエミダンを出た。シャールの町は、中央山脈の麓《ふもと》にある。中央山脈には、央《おう》のドワーフと呼ばれるドワーフと、どの辺りにあるかはっきりしていないドラゴニュートの里があると言われている。

ドラゴニュートは基本、他種族と関わりを持たないが、わずかに央《おう》のドワーフの特定の部族とは交流があるらしい。

あとは里を出て世界を巡る者が、ごくごく稀《まれ》だがいるらしく〝はぐれ〟と呼ばれるという。閉鎖的な暮らしを送る一族のあり方に馴染《なじ》めず、外の世界を見たいと集落を出るのだが、そのときに集落の場所を忘れるような処置を施され、二度と帰ることができなくなるという。

この〝はぐれ〟はエルフにもいるそうだが、こちらは記憶まではいじらないが、二度と里には入れてもらえないとか。

ドラゴニュートもエルフも、かなりの人族嫌いだそうだ。

まあ、人族至上主義とか言って他種族を下に見る国があるなら、反対の国があっても驚かないぞ。

空の旅は特に問題もなく、今日はシャールの手前の森の中にログハウスを出してお泊まりである。

家がちょっと大きくなったから、ツナデと一緒に敷地を広げている。

明日はついにシャールの町かあ。魔道具楽しみだな。

第三章　魔道具の町シャール

中央山脈の麓《ふもと》沿いに作られた道は、さすがに交通量が多いのか、余裕で車がすれ違えるほど広く、そして均《なら》された道だった。魔道具を積んだ荷車や買いつけに来る商隊の行き来が多いためだろう。

手前の町ではなく森でお泊まりをしたため、あたりに他の車はないから、箱車がスイスイ進む。

そして、シャールの町に到着したのだが……

「えーっと……スチームパンク？　ここだけスチームパンクなの？」

「なあに、すちーむぱんくって？」

少し手前から何やら煙か蒸気っぽいものが立ち上っているのが見え、近づくにつれ、ドン、ガン、バンとか金属を打ちつける音も聞こえてきた。

確かボーガ村の宿で「中央山脈のドワーフと錬金術師が工房を構えていて、魔道具の町として有名なのよ、あそこで魔道具を買うためにシッテニミで稼ぐの！」と、甘いもの好きの冒険者チータさんが言ってたよな。

魔道具というより機械……スチームパンクな世界が、目の前に広がってた。

すぐそばの中央山脈には、さまざまな金属の鉱脈があるそうだ。そこでは金銀銅鉄だけでなく、ミスリルも採《と》れるらしい。そしてゴーレムの穴と呼ばれる、各種ゴーレムがたくさんいらっしゃる場所があるという。このゴーレムも鉱石扱いされているところが驚きだ。鉱脈ならぬ、ゴーレム脈？

もちろん、採掘ではなく討伐なので、坑夫ではなく冒険者が坑道へ……

それって、鉱山じゃなくダンジョンじゃね？　絶対ダンジョンだよね、しかもゴーレムメインの！

「いや、昔は普通に鉱山だったぜ。だが鉱石と魔素の集まる場所にはゴーレムが湧《わ》きやすいからな」

町の門で身分証をチェックする門兵に、シャールの町について聞いてみたら、そう言われた。

この町は、ドワーフの構える鍛冶工房と、魔道具を作る錬金術師の工房が多くあったそうだ。

これは、のちに知り合ったせっかち魔道具師から聞いた話なんだが、錬金術師はたくさんいるけど、表向きには別の仕事を持ち、秘密裏に鍛冶師や魔道具師と契約して仕事をしており、現在シャールに錬金術師の工房はない。あるのは魔道具屋だけ。

二十年ほど前から錬金術師の勧誘というか、強引な引き抜きが増え、シャールの錬金術師が拒否していると、いつの間にか行方知れずになるという事件が多発するようになったとか。

そのため、錬金術師は身を守るために表に出なくなったそうな。

きっと原因はフェスカの隷属の首輪関係だ……

魔道具を売る店も、どこの工房から仕入れているかとか、誰が作ったかとかは教えてくれないという。錬金術師がいなくなると商売上がったりだからな。《鑑定》で製作者の名前が見えるのって、俺ぐらいなのかな。俺の《鑑定》は、ナビゲーターの関係で普通の《鑑定》と違うからなあ。

実際レベル上げにくいそうだし。とはいえ、俺もレベル8からなかなか上がらない。俺のスキルはこの世界に元からあるスキルと微妙に違っている。必要と思うと取得される傾向にある。そうだ、次のレベルアップで相手のHPとMPが見える機能が増えるといいな。呪文のように唱えておけば増えるかも。よし、HPMPHPMPHPMPHPMP……


ここの門も出入りのチェックが厳しかったので、時間がかかってしまった。車の荷台の荷物チェックとか、二重底になってないかとか。車なしにしてもよかったんだけど、普通の宿じゃあチャチャが料理できないからね。

何度も町を訪れる商人ならまだしも、どこ出身かわからない冒険者なら仕方ないかな。事情が事情だしね。待っている間にいろいろ話を聞けたから、時間の無駄ではなかったよ。

無事シャールの町に入れたので、まずは冒険者ギルドに行って運搬の依頼を終わらせよう。

あと、おすすめの魔道具屋とか教えてもらおうかな。キッチンカーのコンロとか替えたいし、作れそうなら自分で作るんだけど。等級の高い魔石も手に入れたしね。

あちこちからシューシューと蒸気が上がっているが、思っていたほど空気が淀《よど》んでない。

『イエス、マスター。燃料に地球のような化石燃料ではなく、魔石や魔力を使用しているためです』

おお、クリーンエネルギーだった。

門の外から見た町の感じと、実際中に入って見たものは若干イメージが違って、そこまで〝スチームパンク〟ってほどでもなかったよ。

建物は石とか煉瓦《れんが》が多くて、たまに金属製の扉があるが、歯車とか滑車とか意味不明の掘削機とかがあるわけじゃない。あのイメージってフィクションだしな。

ただ鍛冶工房が多いためか、あちらこちらから「ドン、ガン、バン」と何かを打ちつけるような騒音が聞こえてくる。

「とりあえず、冒険者ギルドに行こうか」

門で教えてもらったのだが、冒険者ギルドは町の中心から少し北側に行ったところにある。

俺たちが入ってきた西門は、主にエミダンやリノール山方面の素材を積んだ商隊や魔道具の買いつけにくる商人が使うもので、西門から南の山沿いまで、町の南西部は工房区になっていた。

北門はロモン公国の中心方面に向かう街道と繫がっているため、北側が商業区になっていたのだ。

そして中心より東が一般居住区で、そこからやや北東寄りに町のお偉いさんや金持ちの住む高級住宅区がある。高級住宅区は騒音の激しい工房区から離れているのだな。

工房区を過ぎて商業区に入れば、ロモンの他の町と似た雰囲気《ふんいき》になった。

商業区と工房区の境目あたりに冒険者ギルドがあった。依頼を出す人はこの二区に多いからかな。

ロモン公国公都の衛星都市は冒険者が少ないと言っていたが、衛星都市から離れた町は違うらしい。シャールの町はカーバシデ王国との国境も近いし、中央山脈の麓《ふもと》でもあるからか、そこそこ大きな冒険者ギルドだった。どこの山もモンスターが生息しているしな。

ちらっと依頼ボードを見たが、土地柄なのか鉱山関係の依頼が多く、駆け出し冒険者向けの依頼は少なかった。山のモンスター退治や素材納品は結構ある。

シャールの町には三日ほど滞在するつもりだ。錬金術師に会うのは無理そうなので市場や工房、魔道具屋を物色するのに二日ほどみた。それが済めばカーバシデ王国に向かうので、運搬依頼の品を渡したら、移動の手続きもしておこう。そうすれば、また冒険者ギルドに来る必要がないからな。

運搬依頼を終了させたことでカシデの条件が達成となり、これで五カ所の移動制限解除の条件を満たしたのだ。今後ロモン公国内での町以下の移動制限はなくなった。ここシャールでは依頼を受けなくてもいいのだ。もうすぐロモン自体から出るけどな。

「そうですか。四級冒険者なら、ゴーレムの穴の深部のモンスター討伐とかおすすめなんですけど……受けませんか？」

おっさんに上目遣いでお願いされてもねえ。その気にならないよ。

受付職員は非常に残念そうだが、無理強《じ》いはしない。しかしルーナたちの視線が痛い。目が口ほどに「受けたい、受けようよ」と言っている。

「まあ、それだけじゃないんですけどね」

受付職員曰《いわ》く、今のロモン国内で、というか特にここシャールの町では、喫緊《きっきん》の用件なしにすぐに移動するというのは怪しまれる行動なのだ。わかるよ、門でお話を聞いたから。

オークの集落とオークキングの討伐で四級になった俺のギルドカードは金色だ。俺の年齢で金まで到達し、しかもオークキングの討伐ができる冒険者が、フェスカの獣族誘拐に手を貸すとは思いにくいので、大丈夫だとは言われた。

パーティーと言っても、ルーナと二人だけ。ルーナがポーターのままだったら怪しまれたが、今はカッパーのギルドカードを持っていて、ヴァレンシ共和連合のギルドマスター二人のお墨付きがあるというのが大きい。

というか、信用ないと受けられない運搬依頼受けてるんだから、いいよね？

職員はルーナのカードを返却しつつ、カウンターに身を乗り出し小声で言ってきた。

「カーバシデ以東では獣族は非常に少ないです。カーバシデ王国は、フェスカと国境を接している北と、我が国と接している南西では、かなり情勢も違います。うちと違ってフェスカと国交もありますから、北側に行くなら注意してくださいね」

カーバシデ経由で入ってくる冒険者にも警戒しているそうだが、カーバシデに獣族を連れ出す冒険者も要注意とされている。ただし俺の来歴というか、冒険者登録がエバーナ大陸であることで、配慮されているのと、女教皇の使徒捕縛《ほばく》の件が疑惑払拭《ふっしょく》に役立っている。

俺とルーナの二人連れって、外から見ると怪しさ満点なのね。

「ああ、ありがとう。気をつけるよ」

親切な職員だった。ついでに、魔道具についていいお店がないか聞いてみた。

「冒険者がよく使いそうなものなら、工房区にあるお店ですね。冒険者ギルドと提携している何軒かのお店なら、冒険者ギルドカードを見せると割引してもらえますよ」

提携している工房や店の看板には目印として、盾の前で交差する剣と槍のマークがあるのだそうだ。

「一般に使われるものなら商業区ですね。グリーン商会やダーマヤ商会がこの国の一、二を争う大きな商会で、本拠地は公都なんですが、ここの支店の品揃えは公都以上ですよ」

武器系魔道具とかは今のところ必要ないけど、一度は行ってみるか。ここからだと商業区の店が近いから、まずはそっちかな。

あとは、従魔も泊まれる宿だが、ロモン公国はテイマーの国と言われるだけあって、その手の宿は多い。大きい厩舎が必要なときは、門の近くの宿をあたったほうがいいそうだ。大型従魔は町の入り口近くで待機させたいのだろう。〝従魔の印〟のおかげで一般人も従魔持ちが多いし。

普通の馬もいるらしいが、輓獣《ばんじゅう》はほぼ力の強いモンスターなんだな。

この辺りの鉱山で活動する者には、荷物を背中に載せられ、足場の悪い山道でも険《けわ》しい崖でもスイスイ進むビッグアイベックスという山羊系モンスターが人気があるという。

鋭い爪と硬い角を持っているので、そこそこ戦闘もできる。まあ、角は背中の方に湾曲しているものの、角以外を見るとオオカモシカに思える。オオカモシカってウシ科だし、山羊とは親戚みたいなものか。

シャールの町のどのあたりで宿を取るか考えないといけないが、まだ昼にもなってないし、魔道具屋を覗《のぞ》きに行こう。チャチャもなんだか乗り気な感じだ。

冒険者ギルドから少し東が町の中心部になるのだが、さらに先が高級住宅区のようで、比較的大きな建物が遠目に見える。高級住宅区に近く、また町の中心地になるこの辺は大きな店が多く、北に向かって門に近づくと小さな店が増えていく。おすすめされた店は、公都に本店を構える大店《おおだな》なので、そんなに遠くはなかった。

町の中心地近くにある大きなお店には、なんとショーウインドウがあった。

「お店の中に入らなくっても、外から見えるんだね」

『ほんまや』

ガラス張りではあるが、盗難防止であろう鉄柵が張り巡らされていて、物々しい。

大きな店ほど、大きなショーウインドウがある。

右手におすすめされたダーマヤ商会が見えてきたのだが、ここのショーウインドウはマネキンが立てるくらいの大きなサイズだった。

さすがに大きな一枚ガラスとはいかず、数枚のガラス板を張り合わせてある。これは、鉄柵の間にガラスを嵌《は》めているのか。ガラス自体もショーウインドウ全面を覆うような大きなものが作れないのか。いや錬金術で加工が簡単にできるんだから、防犯のためだろう。

地球でも、昔のガラス窓は枠に丸いのを嵌《は》め合わせていたらしいけど、事情が違う。

外からショーウィンドウを覗《のぞ》くと、そこに展示されていたのは、魔道ランプに魔道鍋、そして魔道ポットだった。

「ジライヤたちは外で待っててくれるか」

『わかった』

『いいよ～』

『ウチはついていくで』

店の外に輓獣《ばんじゅう》を繋ぐ場所や駐車スペースがあったので、箱車を停めジライヤとオロチマルにはそこで待っていてもらった。

ツナデはついてくるということで、背中にへばりついている。もう大きいんだから、そろそろやめたほうがいいよな。え、間にチャチャを隠すの？　だったら仕方ないかな。

チャチャが、俺とツナデの間の隙間《すきま》に身をひそめ、肩口から顔を覗《のぞ》かせてキラキラした目で魔道具を見ている。

「へー、なんかすごいな」

「いっぱいあるね」

俺の感想にルーナが相槌《あいづち》を打つ。入り口を入るとすぐにカウンターがあって、そこに店員がいたが接客中だったので、そのまま奥に進んでいく。

広いフロアに低めのテーブルがあり、そこにいろいろな魔道具が並べられていた。

小さめのものは手前、大きめのものは奥の方に。手にとって見ることはできるが、なんと鎖で台に繋がれている。盗難防止だな。

俺はショーウィンドウにもあった魔道鍋に目を留めた。横に説明書きがある。

〝火を使わずに調理ができる鍋。二十等級魔石一つで最高温度での加熱が八半刻、保温なら一刻可能。十九等級魔石なら使用時間が三倍に。最新の省魔石版新発売。これでいつでも温かな食事が取れる〟

「……電気鍋かよ」

確か二十等級魔石って、ホーンラビットの魔石がそうだったな。売値は一つ十テナだった。八半刻ってことは十五分か。カセットボンベ一本ならもっと持つぞ。十九等級がゴブリンとかで五十テナ、価格は五倍で使用時間は三倍か。

ルーンでの魔石の売値はテルテナより安くて半値近かったけど、ロモンの価格はどうなのかな。需要と供給との兼ね合いもあるし、近場で取れるかどうかっていうのも価格に関係する。こういう魔道具の燃料にするくらいあるなら、安く買い叩《たた》かれるのかも。

二十等級から十九等級は値段が五倍だから実質損じゃね？　お得感はないが、交換の手間が減るってことを考えたらお得なのか？

「いらっしゃいませ。そちらの魔道鍋は最新式で、従来品より二割も魔石消費が少なくなっておりますよ」

接客を終えた店員が、俺の方にやってきた。

「調理魔道具をお探しですか」

「え、ああ、車の荷台で煮炊《にた》きできそうな竈《かまど》的なものを……」

一応冷やかしではないアピールをしておく。

「冒険者の方ですか。でしたら、鍋型よりこちらの鉄板型が人気ですよ」

店員が指し示したものは、鍋より大きいが深さがほとんどないものだった。

「冒険者の方は、野外の調理というのは肉を焼くくらいなので、こちらの鉄板型が人気です。荷物は極力少なくし、用途は広い方が好まれますから」

〝狩った獲物をその場で調理！　薪《たきぎ》集めも火起こしも必要なく、これ一つで調理できる〟

という売り文句が書かれている。

「これ、ホットケーキも焼けるよ、フブキ」

ルーナが魔道鉄板調理器を眺めて言う……ホットプレートにしか見えないんだが。

「こちらのポットは加熱のみのタイプと、水いらずのタイプがございます。いかがですか。寒い夜に温かいお茶がすぐに飲めます」

「これはいいですね、家主様。キッチンがなくとも、お茶のご準備がすぐにできます」

身を潜めていたチャチャがポットに反応した。

これって、見た目がまんま電気ケトルじゃんか。でも、チャチャが気に入ったのなら購入も考えるか。

店員に説明を受けつつ、奥に促され進むと、魔道コンロがあった。

火が出るタイプと火が出ないタイプ。うん、ガスコンロとＩＨコンロだね。

「チャチャはどっちがいいの？」

小声で聞いてみた。

「そうですね。遠火で焼いたりすることもあるので、火が出るタイプの方がいいです。こちらの火の出ないタイプだと、パンが焼けません」

「あー、オーブンがついてないか」

ログハウスの竈《かまど》は下にオーブンとして使うスペースがある。ピザとかパンが焼けるのだ。

「オーブン付きですか。それなら、こちらの古いタイプになりますが、完全魔石使用型ではなく、薪《たきぎ》や炭を併用して使える併用型がございます。こちらは旧式ですので、お安くなっていますよ」

最近の流行は完全魔石使用型だそうだ。ポットなら水も魔道具で出し、竈《かまど》なら薪《たきぎ》や炭を使わないなど。その分、魔石を消費するが。

「って高っ！」

なんだか、どれもこれもお高い。

魚焼きグリルのついたガスコンロって、昔お袋に付き合わされて見に行ったことがあるけど、二万から十万くらいでピンキリだった覚えがある。

この最新型魔道コンロは二十万オルで、日本円換算すると二百万くらいするぞ。

日本じゃ安いカセットコンロなら、イチキュッパで売ってるけどなあ。

二口コンロオーブン付き薪《たきぎ》併用タイプで、十万オルか。竈《かまど》よりサイズがコンパクトだよな。

ログハウスの竈《かまど》は暖房も兼ねてるから取り替えられないけど、これはキッチンカーにはぴったりなのではないだろうか。

今の俺の持ち金で……あ、余裕で買えるわ。ワイバーンやらオークやらでお金持ちだった。

なんだかんだ説明を聞いて、試しに火をつけてみたりもして。

ミスルのドワーフ鍛冶師のドランに教わった値切りの方法は武具購入時を想定したものだったが、一応値切ってみた。

うん、八万六千オルになった。

ついでに加熱のみのポットも、一万オルのところを九千オルで購入。

ちなみに、店内には他にも保冷庫や冷たい風を起こす冷風機や、温風を出す暖房機などもあった。

「ここって、家電量販店かよ……」

なんだか、どこぞの電気屋さんかと言いたくなる品揃えだった。

店員さんが「こちらに給湯の魔道具、洗濯の魔道具、アイロンの魔道具などもございます」とすすめてきたよ。掃除機の魔道具はないんだね。あ、筒型温風機ってドライヤーか。これも買っていこうかな。

「お待たせ、ジライヤ、オロチマル」

荷台に買ったものを積み込み、箱車をガタゴトと言わせながら、町のメインストリートを北門方向へ向かって移動する。

買った魔道コンロを外の箱車まで運ぶのに、店員が「マジックバッグを使いましょうか」と言ってきて、ちょっと驚いた。

さすが魔道具の町である、マジックバッグがそこそこの数売られていたのだ。テルテナでは稀少品だったが、こっちは作れる人がテルテナより多いのだろう。

向こうであまり流通していないのは、離れすぎているからかな？　さすがに隣の大陸までは遠いか。

値段は「魔道コンロもびっくり！」な価格だったが。

おかげで俺も「マジックバッグ持ってます」と言って《インベントリ》に収納した。

ポットの方は、収納するフリしてチャチャに渡したよ。姿を隠していて店員には見えてないからね。

買った魔道具も《コピー》した後に分解して、作りを調べようとも思ってる。あ、マジックバッグも購入して、仕組みを調べればよかったかな。

壁に設置するタイプの灯りの魔道具も、一つお試しに購入した。さすがに天井から吊るすシャンデリアタイプの魔道具は、申し訳ないと思ったけど、買わずにちょこっと〈メモリー〉させてもらった。そのまま使うんじゃなくて、仕組みを調べるだけだから。

御者台に座ってどの魔道具からバラそうか思案していたら、隣から「きゅるる」という可愛《かわい》らしい音が聞こえてきた。

ルーナは知らんぷりで前を向くも、ツナデが笑いを堪《こら》えているので、誰のお腹が鳴ったかはすぐにわかった。

「そろそろお昼時か」

「家主様、家主様。早速魔道コンロを使ってみたいです」

中で魔道コンロを見ていたチャチャが、荷台から顔を出した。

「うーん、設置するのにキッチンカーを停めておく場所がいるなあ。人の目のないところがいいんだが」

車庫あり宿を探して、キッチンカーと入れ替えるか。でも設置するのに時間がかかれば、食事の準備が遅くなるかな。いっそ、外に出てとりあえずどこかに魔道コンロを置いて使ってもらうか。

チャチャは階位が上がって、室外で動ける時間が長くなったらしいし。

「一度町の外に出て、キッチンカーと交換するか」

宿を探すために北門方向に進んでいたので、外に出てどこか人のいないところでキッチンカーを出せばいいか。

『なあ、わざわざ門から町を出んでも、どこかにゲート繋いだらあかんの？』

ツナデの言葉にハッとする。確かに、門から出て近場でキッチンカーを出す場所を探す必要はなかったのだ。

昨日ログハウスを出した場所までゲートで戻ればいい。ここは商業区で、そこかしこに車預かりどころがあったので、箱車を預け、比較的人通りの少ない裏道へと進むと、お誂《あつら》え向きの袋小路に突き当たった。

昨夜ログハウスを出した森をマップから指定して〈空間記憶〉をした。

『マスター、近くに人はおりません』

「よし〈空間接続〉っと、はい、通って通って」

誰も近づいてこないうちにと、みんなを急かし、すぐにゲートを閉じた。

チャチャが昼食作りに魔道具コンロを使えるように、とりあえずログハウスの竈《かまど》の横においた。

チャチャが昼食を作っている間にキッチンカーを改装しよう。キッチンカーに設置する用に魔道コンロを《コピー》した。元の窯《かま》部分を《インベントリ》に収納してしまえば簡単に交換できる。と思ったらコンロが二口サイズなので、若干魔道具の方が幅があった。奥行きはこっちのほうが短いんだけどね。若干の修正が必要でも、そこは《錬金術》でなんとでもなる。ビバ錬金術！　ビバ異世界スキル！

魔道コンロの設置があっという間に終わってしまったので、今度はランプの魔道具を〈複製《デュプリケイト》〉して分解してみた。

ルーナとオトモズは俺が作業を始めたとたん、その辺の森にちょっとひと狩り行ってくると、飛び出していった。お腹空いてたんじゃないのか？　すぐ昼食だから、あまり遠くへ行くなとは言ったけど、どうだろうな。《眷属召喚》で連れ戻せるからいいか。

「ふーん。発光させるための魔石と魔力供給用の魔石を別にしてるのか」

ランプの魔道具は、光魔法の〈ライト〉を付与された魔石と、魔素吸収の魔法陣を刻んだ魔石の二つが使用されていた。

こうすることで等級の低い魔石でも使えるようになっているんだな。

コンロやホットプレートの魔道具は、ランプの魔道具より魔力が必要なので、魔素吸収では追いつかないらしく、さらに電池代わりの交換前提の魔石を投入する場所とも繋がっているようだ。

等級の高い魔石は数が手に入りにくいし、価格も高いから。

しかし、この二つの魔石を繋いでいる線。

「これって、ミスリルだよな」

木製の土台に溝を掘って、そこに特殊なインクでラインを引いている。そう、まるで電子部品の基盤のような。

『イエス、マスター。ミスリルの魔力伝導率が高く流れやすい性質を利用していると思われます』

ミスリル自体を針金のようにするのではなく、細かくすりつぶした粉を特殊な溶剤と混ぜて、インクのように使っているみたいだ。

武器などに加工する際、研磨などで出るクズを使えば無駄がないのだろう。

このインク、どこかで売ってるのかな？

『オロチマルのレベルが上がりました』

突然のレベルアップコール。この短時間で何を倒したんだ？　冒険者ギルドカードを取り出してみると、ゴブリンとブラックターキーって表示が増えていた。

「家主様、このコンロの魔道具、なかなかいいですね。多少魔力消費が多そうですが」

昼食ができたとチャチャが呼びに来たついでに、使い心地を教えてくれた。

「じゃあ、補充用の魔石を渡しておくよ」

目玉商品の最新型コンロの魔道具は、低級魔石を電池代わりにできることを売りにしていた。

旧式だがこれも同じ路線っぽく、二十から十八等級の魔石が使える。二十等級じゃあすぐ燃料切れになるから、十八等級の魔石を渡しておくか。最新型は魔素吸収の効率がいいんだろうな。

俺の持っている十八等級の魔石はっと……キラーアントの魔石だけか。特に狙って魔物退治してなかったから、十八等級魔石持ちの魔物とのエンカウントがなかった。

電池代わりなので属性は関係ないが、十八等級以下って、そもそも属性がないというか、色薄いんだよな。十九等級のゴブリンなら〈複製《デュプリケイト》〉しなくともいっぱいあるし、混ぜて渡しておくか。

キラーアントの魔石にゴブリンの魔石二十個ほどを足して、ジャラジャラと小袋に入れて、チャチャに渡した。

「ありがとうございます、家主様」

チャチャが受け取った小袋をポケットにしまう。小袋自体がチャチャより大きいのにしゅぽんと入るのは、《インベントリ》とかと同じなのかな。さてみんなを呼び戻そう……って思ったら、帰ってきた。

「ただいま〜」

「肉、とってきたで」

『戻った』

『まま、ボクシュバってしてきたよ〜』

「おかえり、みんな」

「お食事のご用意はできてますから、そちらは夕食にしましょうか」

ブラックターキーという七面鳥に似た魔物は、白鳥を一回り大きくしたサイズだが、モンスターランク的にはFと低い。アラームターキーの下位種だな。

適当に狩ったようだが、下位種と言っても食用としては〝美味《うま》い〟部類に入る。あー、唐揚げ食べたいな。油淋鶏《ユーリンチー》とか南蛮もいいかも。油淋鶏《ユーリンチー》は作り方がわからないいな。チャチャはタルタルソースの作り方はすでにマスターしているから、南蛮タルタルならいけるか。保冷庫の卵は〈ピュリファイ〉で殺菌済みであるので、生で使用可能なのだ。

魔道コンロは火力の調節がしやすく、使い心地はいいようだ。調理時間が短縮できるらしい。難点は魔石の消費が早いこと。使っている途中で魔素切れを起こすと、交換している間は調理が中断してしまうので、交換のタイミングが難しそうだな。チャチャは自分の《火属性生成》で凌《しの》いだみたいだ。

大きめの魔石が入れられるように改造するかな。いや、魔石の方を錬金術で小さくすればいいんだよ。ビバ錬金術！

昼食後はシャールの町に戻り、箱車を預かりどころに預けたまま、先に宿を探そうと思ったんだが、あとで取りに戻るのも邪魔くさいので、結局回収した。

冒険者向けの宿があるのは西門付近。西は工房区だからうるさいので安いのかな。ただ、厩舎はともかく、車庫があるのは商人向けの宿なので、そういうのはどこの門の近くにもあるのだが、商業区が一番多い。位置的には町の北門付近になる。〈空間記憶〉したのは商業区の一角なので、商人向け宿はそんなに遠くない。

「工房区にあるお店も見たいいんだけどどな？」

「また買い物？」

ルーナに問われたが、ツナデもまたかというような顔をしている。

「いや、今度は冒険者が使いそうなものを売ってる方、さっき行ったのは、一般に使われるものを扱ったお店だったから」

「そういえば、ギルド職員の人がそんなことを言ってたね」

しかし、商業区の宿と工房区の魔道具屋は別方向だ。

『宿に寄るのもまわり道やろ、このまま行ったらええんちゃう』

珍しくツナデからお許しをいただいたので、先に魔道具屋へ行くことにした。全員で工房区へショッピングに繰り出すのだ。

魔道具店がずらっと並ぶ通りがあった。魔道具店は大型のものも扱うため、通りの要所要所に車止めや騎獣の待機場所がある。ジライヤとオロチマルは、そこで待っててもらうことになる。

間口の小さい店が多く並ぶ中、冒険者ギルド提携の看板が出ている店に入った。

魔道具店と言いながら、手前には剣や槍などの武器に、盾や鎧などの防具も陳列されていた。

ルーナのナイフと同じくらいのサイズの短剣。よく見ると、剣の柄《つか》に何かを嵌《は》め込む穴がある。

そして、値札を見てびっくり。

「高っ」

ルーナのナイフを買うとき、最初二本で二十万テナと吹っかけられた。値切り交渉で途中半額の十万になり、最終的には七万テナになった。

多分店主のドランの父親であるグランの情報提供がなかったら、十万止まりだったと思う。でも素材は鉄ではなくダマスカスだったから、鉄製品より高かった。

そういうことを考慮すれば、鉄製のナイフは一本三万から五万オルあたりが適正価格と思われる。

この短剣は五十万オルの値札がついていて、最新型の魔道具コンロより高いぞ。

その他の武器も、穴付きはどれもすごい値段だ。

「フブキ、フブキ」

ルーナが俺のズボンを引っ張る。

「多分その穴に、あれ嵌《は》めるんだよ」

指差す方を見ると、いろいろな色の魔石が、壁の上の方に陳列されていた。

「炎一万、氷一万二千、水八千、風六千……」

それぞれの魔石の隣の数字は価格か。

「にいちゃん、魔道武具は初めてか？」

声をかけてきたのは、人族の男性だった。彼はこの店の主人かな。

「属性石をスロットに取りつけて魔力を流すと、武具がその属性を帯びるのさ」

ゲームの魔剣みたいなものか。

なんでも、流す魔力量によっては、武器なら属性を帯びた『魔力の刀身』を伸ばすこともできるそうな。

そして武器のお高いお値段の理由、一部にミスリルを使ってるためだったよ。

ミスリルの価格は、テルテナ国よりは安いのかな。シッテニミや中央山脈にはミスリル鉱山があり、そこそこミスリルが採《と》れるようだし。

魔道具店には他にも、魔力を流すと数秒後に込められた魔法が発動する手榴弾《しゅりゅうだん》的なものや、野営時に目隠しとして使う結界みたいなものとかもあった。

このあたりの魔道具は手頃なお値段だ。やっぱりミスリルがお高いのだろう。

水の魔石付きの水筒とか、着火用の火の魔道具とかもあったが、これは野営道具だな。

「その辺はなあ、もっと便利なのが出てきて、ダーマヤ商会とかグリーン商会が一般向けの商品を販売してるぜ」

どっちも十年前は小さな店だったんだが、一般向け魔道具開発でデカくなりやがったと、愚痴《ぐち》を溢《こぼ》す店主。

「以前はなかったんですか」

「んん、ああ。七、八年前くらいかな。生活魔道具と銘打っていろいろ作り出されはじめたのは」

それまで魔道具といえば、貴族が快適に過ごすためのものか、冒険者が戦闘や野営に使うようなものが主流だったそうだ。

八年ほど前に新進気鋭の錬金術師が、平民の生活向上に役立つ魔道具を作り出し、それが結構な勢いで広まったんだそうだ。平民向けというには高額だった気がするが。

「生活を便利に、快適に、というのが、その錬金術師のコンセプトらしい」

へえ、考え方が俺と似てるな。

「なんでも一番こだわったのは〝風呂の魔道具〟だそうだ。まあ、あれはいいもんだ」

それまでお湯を使った風呂というのは金持ちや貴族のもので、庶民の多くは湯に浸かることなど特別なときにしかできなかったそうだ。

元々水を出す魔道具はあったが、お湯を出す魔道具はなかったそうだ。

その錬金術師は、日本人並みに風呂好きのようだ。

「一度会って見たいな、その錬金術師に」

何気《なにげ》なく呟《つぶや》いた一言に、店主の纏《まと》う雰囲気《ふんいき》が変わった。

「あんた、冒険者かと思ったが、まさかフェスカの回しもんか？」

え、なんでそんなことになるの？

「いやいやいや、俺冒険者だから。ほら、冒険者ギルドカード」

胸元から金色のカードを見せる。

「はっ、偽造するならもっと考えな。お前みたいなヒョロイやつが、ゴールドなわけねーだろ」

いや、ローエンとルーンのマスターが有無を言わさず上げたんだよ。

「このところ錬金術師が誘いにのらねえからって、無理やり連れ去ろうとしやがる。残念だったな、今この町に錬金術師はいねえよ」

店主はそう言って、筒型の魔道具を俺に向けた。

「ちょっ、違う違う。俺も錬金術使うんだ。ほら、これ、俺が作った魔道具」

なぜかフェスカの間者《かんじゃ》か誘拐団と間違われたので、慌《あわ》てて否定する。

「フブキ！」

ツナデとルーナが、俺に向けられた敵意に反応し、男を攻撃しようと動いた。

慌《あわ》てて念話で二人を止める。

『ストップ、だめだ。絶対攻撃するな』

ルーナはナイフの柄《つか》に手を添えたまま、ツナデはいつでも店主を拘束できるように足元に蔓《つる》を生やした。

ショルダーバッグに手を突っ込み、減重の魔道具とお湯保温の魔道具を〈複製《デュプリケイト》〉して、カウンターの上に置く。

「冒険者だから依頼を受けつつ旅をしていて、誰かに教えてもらったことがないんだ。本からの知識と自己流の魔道具作りだから、錬金術師に話を聞いてみたいなって思ってただけだ」

筒型の魔道具を向けられたままなので、言い訳しつつ、ウォルローフ先生にもらった初級錬金術の本も取り出し、横に並べる。

男は筒型の魔道具を俺に向けた状態で、胸ポケットからモノクルのような片眼鏡を取り出す。

「……間違いないようだな。こいつは鑑定の魔道具、といっても、名前くらいしか見えないがな」

男が筒型の魔道具をカウンターの下にしまったが、ルーナとツナデの方は戦闘態勢を解いてない。

「なんだこれは？　減重の魔道具？　こっちはお湯保温の魔道具？　聞いたことのない魔道具だな。お湯を出す魔道具ならあるが、これは初めて見るぞ。どんな効果があるんだ？」

そういえば鑑定したことなかったけど、俺が適当につけた名前が正式採用されているのか？

＝減重の魔道具　状態・正常
魔石に《重力魔法》の〈ウエイトダウン〉が付与された魔道具。対象の重さを半分にする。魔道具より半径一メートルの範囲に効果あり。固定した対象が効果範囲を超える大きさであれば効果が減少する。《回復術》の〈ＭＰ自然回復率上昇〉が付与されているため、魔力切れを起こさない。
フブキが作成した魔道具＝

あ、これあかんやつやん。世間様に出したらあかんやつやった。

魔法スキルのうち《重力魔法》はレアでも持ってる人がいるだろうけど、俺の《回復術》は《回復魔法》とは別物なんだ。

あの鑑定の魔道具、名前しか見えないって言ったよな。《鑑定》レベル1の魔道具ってことか。

少し安心した。

「えっと、《重力魔法》の〈ウエイトダウン〉を付与してあるんだが――」

「重力魔法？　付与？　あんた《錬金術》レベル8もあるのか？」

「え？　あ、ああ」

カウンターに乗り出すように男が食いついてきた。

ショルダーバッグに手を突っ込み、モノアイコブラの魔石を〈複製《デュプリケイト》〉する。水属性魔石の手持ちは、モノアイコブラの十六等級以外は、クラーケンの十一等級と運搬依頼のブツの中にあった十等級のシーサーペントのだったので、おいそれと人前には出せない。

「ほら、えっと〈付与〉〈ウォーター〉」

魔石の周りに青いもやのようなものが現れ、すぐに中に吸い込まれるように消える。

魔法が発動してしまわないうちに〈付与〉するため、〈付与〉を先に唱えた方が成功率が高いことに気がついた。そしてそちらの方が、魔道具としての性能もいいのだ。

何度かの失敗……じゃなくて、実験でわかったことだ。

自分がフェスカの間者《かんじゃ》ではないことを証明するため、店主の目の前で給水の魔道具を作ってみせる。

「ほわっ？」

店主が驚いて変な声を上げる。

給水の魔道具と俺を交互に見、それからずれた片眼鏡を直し、魔道具をじっと見る。

「……本当に魔道具、いや、今付与したんじゃなくて、元から付与されていた魔道具ということも」

まだ疑いが晴れないみたいだ。

「じゃあ、そっちが用意した魔石に付与すれば、信じてもらえるか？」

そう言うと、店主はガバッと顔を上げ、カウンターの下から数種類の魔石を取り出した。

どれもうっすらと色がついているので十七級あたりか。俺はその中の火属性の魔石を摘《つま》んだ。

「〈付与〉〈ファイヤー〉」

同じように〈ファイヤー〉が炎になる前に付与する。炎に変わる前の赤いもやは多分俺の魔力だが、これは《魔力感知》がないと見えないと、ナビゲーターが言っていた。

前は、ツナデとルーナには見えるが、ジライヤとオロチマルには見えなかった。

まあ、ジライヤたちは見えないのが悔しいのか、俺が付与するのをじーっと見つめていて、ジライヤだけ《魔力感知》の習得に成功したが。

オロチマルが『にーにずるい！』とごねたのは記憶に新しい。

「間違いない。あんた〈付与〉まで使えるのに、錬金術師ギルドか魔道具工ギルドに所属してないのか？」

「そういうギルドがあるのか？」

冒険者ギルド以外聞いたことがない……あ、船主ギルドがあった。

「あんた、どこの田舎の出だ？」

異世界の出です。

ようやく店主は納得してくれたようで、魔道具工で店主のブルシュクと名乗り、武器を向けたことを詫《わ》びられた。

ちなみにあの筒は、魔力を流すとファイヤーボールが発射される攻撃用の魔道具だった。セットする魔石を交換すれば、他の属性のボール系魔法が発射されるそうだ。

魔法の使えない獣族に人気の武器だったが、最近ヴァレンシとの取り引きが減っているそうで、売れ行きはイマイチらしい。

そして滅重の魔道具だが、《重力魔法》を使える者など、妖精族と言われるエルフか小人族、一部の魔族くらいで、その魔道具は超貴重品。絶対登録したほうがいいと、魔道具工ギルドに連れていかれた。

そこは錬金術師ギルドじゃないのか？

「今、表向きこの町の錬金術師ギルドは閉鎖されていることになっている」

ブルシュクはいろいろ教えてくれた。

この町だけでなく、公都と衛星都市以外の錬金術師ギルドは全て閉鎖されている。冒険者ギルドと違って、国を超えての連携はないギルドだそうだ。このあたりの錬金術師ギルドは、中央山脈のドワーフと取引のあるロモン、シッテニミ、カーバシデ南部、ニーチェスの四国で独自に連携をとっているくらいなのだとか。

この四つの国のギルドを『中央魔道具連盟および、中央錬金術連盟』というそうな。

フェスカ神聖王国と国境を接しているカーバシデ王国も、現在は表向き錬金術師ギルドは閉鎖されているという。表向きっていうところがね。

フェスカ対策で、錬金術師だけではなく、錬金術師ギルドごと隠れているんだな。

えーと、俺みたいな部外者にそんな話していいのかな。閉鎖してるってことは何かあるんだろうし。

そして連れていかれた魔道具工ギルド。

すでに持っている冒険者ギルドのカードに追加記載された。有料で。

今日から俺は魔道具工ギルドの一員になった。なぜに？

「ということで売ってくれ！」

ブルシュクは魔道具工ギルドの商談室へ俺たちを連れてきて、頭を下げる。

この商談室は風魔法の結界の魔道具で、音声が外に漏れないようになっているのだとか。

なんと、中央魔道具連盟では魔道具の販売はギルド員でないとできないため、減重の魔道具が欲しくて俺をこんなところまで引っ張ってきたようだ。

「いや、これ試作品で、魔素吸収の魔法陣も刻んでないし」

ここまで連れてこられる途中、誤魔化《ごまか》すために〈ウエイトダウン〉だけ付与した魔道具を作った。

「あ、普通はまず魔素吸収の魔法陣からだろう？」

「だから、自己流で教えを乞《こ》うたことがないんだって言ったろ。スキルはあっても知識不足なんだ。それもあるから、錬金術師に会ってみたいって言ったんだよ」

「……それは」

ブルシュクは黙り込み、何かを考え出した。そして唐突に立ち上がる。

「ちょっと待っててくれ！」

言うだけ言って部屋を飛び出していく。こっちの都合とか全然考えてないな、あのオッサン。

「なんやねん、あのおっちゃん」

「フブキ、どうする？　ジライヤたち待ってるよ」

「だよなあ」

こんなことになるとは思わなかった。てっきり錬金術師に紹介でもしてくれるのかと考えていたんだが。

その後十分ほど経ち、ブルシュクが一人のドワーフを伴い戻ってきた。

「わしはシャールの魔道具工ギルドのマスターで、ハガーゼズという。《重力魔法》が使える人族の錬金術師とは、あんたか？」

錬金術師じゃなく、テイマーの冒険者だって。

「本業は冒険者でテイマーです。旅の途中でいろいろ作ってたら錬金術スキルが上がったけど、錬金術師ってわけじゃない」

「む、テイマー？」

俺の横に座っていたツナデを猿獣族とでも思っていたのか、ツナデを二度見して驚いていた。この前買ったフード付きのローブを着ているからかな。

「へ？　そういえば、従魔の印つけて……」

ブルシュクも気がついてなかったのか？

「俺たちはエバーナ大陸のベルーガから移動してきた。旅の途中で魔道具が欲しくてシャールに来ただけだ。そっちのブルシュクにここに連れてこられて、魔道具工ギルドに登録させられて、何が何だかわからないよ」

「どういうことだ？」

俺の言葉に、ハガーゼズギルドマスターはブルシュクを睨《ね》めつける。

しばらくののち、ハガーゼズギルドマスターに頭を下げられた。

「こいつは魔道具工としての腕はいいのだが、どうもせっかちな上に早とちりでな。迷惑をかけた。錬金術師ギルドに入りたがっている人族がいると言われて、ブルシュクの性格上、話半分に聞いていたが、ここまで違うとは」

ギルドマスターにとっても、想像の斜め上を行っていたらしい。

まあ、せっかく登録したので、魔素吸収のない減重の魔道具は売った。持っていた風を装って五個出したのに、さらにその場で五個ほど作らされた。

「黒髪に黒茶の瞳なんで、ダーレンと同郷かと思ったが、関係なさそうか？」

「おい、ブルシュク！」

ブルシュクの言葉に、ギルドマスターが顔色を変えた。

そして、本人はしまったとばかりに口を手で覆う。

……なんだろう。ものすごく厄介《やっかい》ごとのにおいがする。

いや、それしかないな。

「俺は何も聞いてない。何も聞いてない。何も聞いてない」

呪文のように繰り返すと、前に座る男二人の表情が固まった。

「フブキ？」

『なんや、目が死んどるで？』

ルーナが訝《いぶか》しげに俺を見上げ、ツナデが念話で話しかけてくる。

それよりも、目前の二人が固まっている間に、ブルシュクのポロリはなかったことにしてしまおう。

というか、早とちりにせっかちだけでなく、うっかりという三要素揃い踏みなやつは、接客業に向いてないと思うぞ。仕事は魔道具工だったか。接客担当要員を別に雇った方がいいと思う。

「仲間を待たせているので、これで失礼させてもらう」

そう言って立ち上がると、ルーナとツナデも俺に続く。ギルドマスターたちが固まっているうちに、さっさと部屋を出よう。

だが、扉を出たところで一度振り向き――

「俺は何も聞いてない」

念押しのように呟《つぶや》いてから、扉を閉めた。追いかけてくるかと思ったが、静かなものだった。

思っていたほど錬金術についての情報を得られなかったものの、ここは早くおさらばしたほうがいいのかも。

「うーん、今日は商業区の宿で泊まろうかと思ってたけど、ちょっと離れた方がいいかな」

「宿に泊まらないの？　もう日が暮れるし、門が閉まるよ」

少しずつであるが、日の入りが早くなってきているのは、冬が近づいているせいだろう。

ブルシュクの店と魔道具工ギルドで時間をくったせいもあり、あと一時間もすれば閉門の時刻だ。

こんな時間に慌《あわ》てて町を出るのも怪しいから、昼間と同じようにゲートで出ていく手もある。

ログハウスを収納しないで、出したままにしておけばよかったな。

シャールは他の町以上にフェスカから迷惑を被っている町だ。昼間はともかく、夜に怪しい行動をとるのは控えた方が無難だと思うから、変に疑われそうなことはやめよう。ただし、宿は北の商業区と南の工房区から離れたところがいいな。

一般居住区に近い、カーバシデ王国方面に向かう街道に繋がっている東門にしよう。

ブルシュクの店まで急いで戻って、待ちくたびれたオロチマルたちを宥《なだ》めつつ箱車で移動する。

さすがに夕暮れ時はみんな慌《あわ》ただしく行き来しており、町中《まちなか》の移動に少し時間がかかってしまった。

カーバシデ方面からも商人がやってくるので町の東門近くにも宿があるのだが、車庫兼厩舎のある宿を見つけた頃にはすっかり日が暮れていた。

価格的にも高級というほどではなく、冒険者向けのように安くもない宿をチョイス。いや結構お高い部類に入るか。

そもそも車を持っており、厩舎や車庫を借りようとするのは、そこそこ小金持ちだ。そういう人たちが泊まるんだから安くはない。少し金銭感覚が狂ってきてるのかな。

地球じゃ馬って維持費というか、餌《えさ》が一日十キロほど必要らしく、金のかかる動物だと俺は思ってた。それを考えたら、うちのオトモズはそこまで食べない。いや、干し草と肉や果物を比べたら、単価が違うだろうが。

いつものごとく、夕食は箱車をキッチンカーに替えて、チャチャが作ってくれる。魔道コンロが気に入ったのか、鼻歌まじりで調理していた。なんだか、ごたついて心がささくれだった後に美味《おい》しい夕食って、ありがたいよな。

ブラックターキーに米や野菜を詰めた料理を堪能していたとき、ナビゲーターが報告してきた。

『マスター、中央山脈方面からシャールに向かって移動している集団があるのですが、確認していただいていいでしょうか』

ナビゲーターにマップの監視をしてもらっており、何かあったときは知らせてもらうことにしていた。俺の視界に《アクティブマップ》が表示される。

現在表示は人間（人族、獣族）を緑、長寿種（小人族、ドワーフ）を黄緑色、その他の人族を黄色、モンスターを赤の光点に指定している。

ナビゲーターが言っていた集団は、緑と黄色が固まって移動しており、その後ろを赤が追っている形だ。

「モンスターに追われているのか」

『マスター、前方の集団の中に――』

マップの縮尺を調節すると、塊《かたまり》の中に白の光点が一つ。

「……これって」

ガタンと、椅子を思わずひっくり返しそうな勢いで立ち上がったことで、ルーナたちが何事かと俺を見る。

くつろいでいたジライヤは立ち上がり、半分眠りかけていたオロチマルが「ぴぎゃ！」と飛び上がった。

「どしたの、フブキ」

「そないに慌《あわ》てて」

「オロチマル、出かけるぞ。鞍《くら》をつけるからこっちに」

そう言うと、全員出撃とでも言いそうなくらいに、準備をする。

「チャチャ、食事途中なのに悪い」

「いいえ。お戻りになったときに摘《つ》まめるものをご用意しておきますので、お気をつけていってらっしゃいませ」

集団の光点は、ここから四キロほどのところで赤点――モンスターに追いつかれたようだ。

「急ぐぞ」

ツナデとルーナと俺の三人がかりでオロチマルの鞍《くら》を装着、今までで最短時間だ。

厩舎から出るとルーナに次いで俺がオロチマルに飛び乗り、ツナデが俺の背中におぶさった。

『フブキ、先に行く』

『ジライヤをナビゲートします』

「ああ頼んだ、ジライヤも」

行き先はナビゲーターが指示してくれるからと、ジライヤは躊躇《ためら》いもなく先行し、夜の闇の中に溶け込むように消えた。

「オロチマル、魔法をかけるぞ。〈闇霞《シャドウホッグ》〉〈ウエイトダウン〉」

『しっかり捕まってて、まま』

自分たちの周りを《闇魔法》で覆い、姿を見えにくくすると、オロチマルは《消音》を使って音を立てずに飛び上がる。俺の〈ウエイトダウン〉の他に、ツナデの風魔法の補助もあり、勢いよく飛び上がる形になり、厩舎の周りに突風が吹き荒れた。

夜の闇に紛《まぎ》れて、俺たちは町中《まちなか》を飛んで壁を越える。だが〈シャドウホッグ〉と《消音》の効果で誰にも気づかれず、中央山脈方面へ向かった。

「オロチマル、もう少し右だ」

『うん』

月が出ているとはいえ、夜の暗さで方向がわからないオロチマルに、俺はマップを見ながら進むべき方向を指示する。

「それ、知ってるやつなんか？」

ツナデが聞いてきた。

「ああ、そうか」

白の光点を見ただけで慌《あわ》ててしまった。みんなにも何も説明していない。

冷静さを欠いて何も考えず飛び出してしまったが、ツナデの言葉のおかげか、少し落ち着きを取り戻せた。確認していなかった白の光点をマップ越しに《鑑定》する。

白には〝異世界人〟を指定していたのだ。

「なんだ？　これ……」

マップ画面の光点に重なるように、種族名が出る。

マップ越しの《鑑定》はあまり必要がなかったので使っていなかったが、実は距離によって《鑑定》精度が異なる。離れていればいるほど、表示される情報が少なくなるのだ。

……結局、鑑定レベルが下がらなくとも、元々人間の鑑定は、ほぼ情報がなかった。

だが、これは鑑定レベルどうこうというものではなさそうだが。

＝種族・異世界人　固有名・ダ■◇2&$∨ン　状態・焦燥
亜蝟壹；□P▲@繧＋9A¥、%）？＝

種族と状態は見えるのに、他が文字化けしていてわからない。せっかく落ち着いたはずが、また
ザワザワと不安が胸を過《よぎ》る。

「白い光点には俺と同じ、異世界人を指定していたんだ。その白い光点が初めてマップに表示され
たんだが……」

「フブキの探してるともだち？」

ルーナが期待を込めた表情で、俺を振り返る。

「違うみたい……いや、名前が鑑定できないし、情報も全然わからないから、なんとも……」

「とりあえず。会うたらわかるやろ。急ぎや、オロチマル」

『まかせて～』

ツナデに急かされて、オロチマルが飛行速度を上げた。

『まま、なんだかくらいよ？』

「ほんまや、なんか月が変やで」

見上げると、さっきまで明るく輝いていた月が、半分以上欠けて、なおも細くなっていく。

「あ、月食？　ってもしかしてジライヤのユニークスキルか」

俺とジライヤは暗闇でも平気だが、オロチマルとツナデに暗視能力はない。かろうじてルーナが種族特性か、黒豹獣族の特性で夜目が利くほうだ。

「オロチマル、俺の言う通りに飛ぶんだ。大丈夫」

オロチマルの首元をポンポンと叩《たた》き、進む方向を指示する。

「そのまままっすぐ、少しずつ高度を落として、そう、いい子だ」

『ボク、がんばるよ』

「あたしも暗いの得意な方だけど、ほとんど見えないよ」

『ツナデのレベルが上がりました』

突然のナビゲーターのコールに、ジライヤが単独でモンスターを倒したことがわかった。

しかし、モンスターの光点はまだ二つ残っている。

モンスターをマップ越しに《鑑定》してみた

＝種族・トロール　MR・C　固有名・―　年齢・5歳　状態・怒り、出血
巨人系モンスター。硬い皮膚は魔法攻撃に耐性を持つ。身長四メートルを超える巨体の持つ膂力《りょりょく》による振り下ろし攻撃は大地を抉《えぐ》る。スキル《豪腕》でさらに威力を増す。ただ巨体ゆえに動作は鈍《にぶ》い。知能は低く単純＝

トロールか。距離も近づいたし、こちらは問題なく鑑定できた。マップ越しの《鑑定》がバグったわけではなさそうだ。

「あ、明るうなった」

月食が終わり、月が顔を出す。

「オロチマル、あそこ」

ルーナが疾走《しっそう》する獣車を見つけ指差した途端、車体が跳《は》ね上がり後輪が外れ横滑りをする。その後ろを、二体のトロールが追いかけていた。

「行くで、二人とも」

ツナデの言葉とともに、視界が切り替わる。

ツナデの《空間跳躍》によって、俺とルーナがトロールの数メートル手前の上空に移動した。

「フブキ、ゴメン」

突然の謝罪に反応する間もなく、ルーナが俺の腹を踏み台がわりにして、トロールに向かって飛び込んでいった。

「もう一回な」

俺が足場を作る間もなくツナデが、ルーナが向かったトロールとは別の、後方のトロールの前に《空間跳躍》で移動した。

そして、俺は〈空間固定〉で足場を作り、そこに降り立つ。ツナデ自身は俺の背中から〈ウオーターソー〉を放つが、トロールに当たった途端弾け飛び、傷もつかなかった。

「ありゃ？」

「ツナデ、トロールは魔法攻撃耐性持ちだ」

ツナデを背に引っつけたままだが、俺はククリを二本取り出し両手に持って魔力を流す。トロールに向かって足場を蹴り出そうとした瞬間、気の抜けるようなかけ声が横を通過した。

『いっくよ～』

俺の横をすり抜けたオロチマルが、トロールに向かって突っ込んでいった。

タイミングを逃した俺は、オロチマルが《強襲》からの《烈脚》をトロールの胸にくらわせる様子を見て、飛び込む方向を修正する。

トロールの胸部はボッコリと陥没《かんぼつ》し、「ゴッバァア……」と、悲鳴にならない叫《さけ》びとともに後ろ向きに倒れていく。

ちゃんと周りを見て、魔法じゃなくて物理攻撃をするなんて、オロチマルは成長した……んじゃなくて、たまたまだな。倒れていくトロールに向かって『くらえー』と〈風の刃〉の追撃を放っていたよ。

弾かれた〈風の刃〉は、トロールの注意を俺から逸《そ》らす役には立ったよ。トロールの首元目がけて足場を蹴り、すれ違いざま首を斬り落とし着地する。すぐさま横に飛んで、返り血を避けた。

『レベルが上がりました。ジライヤのレベルが上がりました』

『まま、ボクが倒したのに～』

俺の横に着地したオロチマルが、不満そうに頭を擦《こす》りつけながら抗議してきた。

「オロチマル、トロールに魔法は効きにくいんだよ」

『そうなの？』

俺は先程ツナデに向かって叫《さけ》んだが、オロチマルにも聞いていろというのは無理な話だな。でも、ルーナはちゃんと聞いていたようだ。ツナデはオロチマルが飛んできた時点で、ルーナの方の加勢に向かっていった。ちょうど蔓《つる》で拘束されたトロールの両目に、ルーナが〈サンダー〉を纏《まと》わせたナイフをそれぞれ突き刺し、脳を直接焼いた。

断末魔の叫《さけ》びも上げることなく、顔の全ての穴から煙を吐《は》き出しながら崩れ落ちるトロール。

『ルーナのレベルが上がりました。オロチマルのレベルが上がりました』

さすがランクCのトロールだけあって、三頭いれば全員レベルアップした。

『フブキ、これ持ってきた』

そこに、ジライヤが俺たちの到着前に倒したトロールを引きずってきた。

俺たちが戦闘を始めたことで、残りの二頭を追いかけるより、運搬を優先したようだ。

「ありがとう、ジライヤ。《月食》を使ったんだ？」

『使いどころ、限られるから』

レベルが低いうちは〝月の出ている夜〟しか使えないからな。あれ、月が出ていないときに月食ってどうなの？

いやそれより、肝心の獣車の方はどうだったんだ。

俺たちがトロールと戦っていた時間は、五分ほどだったと思う。その間、獣車からは誰も出てこなかった。

マップで見る限り、異世界人は一人。他は人族一人とあと種族のわからない人が二人。特に点滅もしておらず、無事なのはわかっている。

気絶とかしているのかと、一応外から声をかけてみた。

「大丈夫ですか、トロールは倒しました」

壊れた獣車に近寄りながら、中の様子を探る。俺の声に反応したのか、中で動きがあった。

乗っていた四人のうち、御者台から飛び降りてきた一人が、腰の剣を抜いてこちらに向かって構えた。

あれって男……いや女？

なんていうか、はいているのがズボンというより、袴《はかま》っぽくないか？　剣も細めで、あれって刀なのかな。

「そこより近づくでない。其処許《そこもと》らは何者か、名を名乗れい！」

は？

「フブキ」

ちょっと不穏な空気に、ルーナが走り寄ってきた。

「まさか、女教皇の使徒がこんなところまで？」

「いやいや、違うから」

反射的に否定してしまったが、新たな声がしたので御者台を見ると、弓に矢をつがえた耳の長い女性が、俺に狙いをつけていた。

「ちょ、待って待って。俺、冒険者、冒険者だから。魔物に襲われてたから、助けようと……」

あの耳って、もしかして、もしかする？

「語るに落ちたな！　ここは普段は使われておらぬ道。このようなところをうろつく冒険者などおらぬ。曲者め成敗してくれる」

袴《はかま》姿の剣士が刀をチャキッと鳴らし、正眼《せいがん》から八相《はっそう》の構えに変える。

「二人とも落ち着いておくんなんし。旦那さんがお困りでありんす」

先の二人と異なり、ゆっくりとした口調が、緊迫した空気を緩《ゆる》めた。

三人めの声の主は、弓をつがえる女性の肩に手をかける。その赤く染めた長い爪と、細い指の白さの対比が目を引いた。そして、彼女の赤い瞳が暗い中に光って見えた。

「そうですよ、二人とも。トロールから助けてくださった恩人に失礼ですから」

荷台から御者台へ顔を出した男性が、袴《はかま》姿の剣士と耳の長い女性——どう見てもエルフだろう。エルフで間違いないと思うのだが——を諫《いさ》めつつ、最後に獣車から降りてきた。

夜目を持つ俺には、月明かりだけでも男性の容貌がはっきり見てとれた。

黒髪と黒に近い茶色の瞳、この世界ではまだ出会ってない彫りの浅い顔。

彼は間違いなく日本人だ。日本人だが……

どう見てもアラサーの日本人男性。おっさんだった。

「助けてくれてありがとう。トロールを瞬殺できるなんてすごいね」

彼から声をかけられ、ハッとする。

「俺は風舞輝と言います。四級冒険者で、こっちは仲間のルーナ」

冒険者ギルドカードを見せながら魔力を通す。ギルドカードは登録した本人なら薄く光る。間違いなく本人のカードであると示して、男に差し出した。

「すごいね、君。ゴールドの冒険者なんだね。あれ？　君は魔道具工ギルドにも登録してるの？」

彼は魔道具工ギルドのところに食いついて、詰め寄ってきた。

「ダーレン、この子、獣族だよ」

俺と同じように、ギルドカードをエルフの女性に見せていたルーナ。

「やはり、うぬらフェスカの――」

「なんや、また人攫《ひとさら》いと間違えられとるんか」

「「え？」」

人前では喋《しゃべ》らないようにという俺の指示を守っていたツナデが、犯罪者扱いされることにプチ切

れしたようだ。

ツナデがオロチマルの背に乗って近づくと、ルーナはギルドカードを引っ込めて俺の横に来た。

「この国にいると、フブキは人攫《ひとさら》い扱いばっかりだね。もー次の国に行こうよ」

「ローニ、モミジ。助けてくれた恩人に失礼だよ。謝って」

「そうでありんす。あんお人らのおかげで、わっちらは生きておすえ」

「「ダーレン！」」

ダーレンと呼ばれた男性は、エルフと剣士の女性を叱《しか》ったあと、俺たちの方に向いた。

「すみません。僕たちもフェスカの連中には迷惑を被ってまして。彼女たち、ちょっと神経質になってるんです」

ダーレンってどこかで聞いたような。でも日本人顔でダーレンって名前、違和感半端ないな。

「とりあえず、ここに留まるのは得策ではありません。車は収納して、チックたちに分かれて乗りましょう」

「だ、だめよ、それは……」

エルフ女性がダーレンと呼ばれた男性に駆け寄り、何かを止めようとした。

男性は振り返り「ほえ？」と間の抜けた声を発したが、手は獣車に添えられており、次の瞬間その獣車がかき消えた。

「……あ、そうでした。知らない人の前で《アイテムボックス》を使ってはいけないのでしたね」

三人の女性とダーレンさんは、俺たちの方を見た。ダーレンさん以外の表情は険《けわ》しいな。

「はあ、別にいいですよ。俺も持ってますから。〈アポート〉〈収納〉」

ジライヤたちが近くまで引きずってきたトロール三体を〈アポート〉で引き寄せ、《インベントリ》に収納した。

「「「「えええっ」」」」

四人の驚愕《きょうがく》の声が、山道にこだました。あんまり大きな声を出したら、モンスターが集まってくるから。

俺たちはそれぞれの従魔に騎乗し、シャールの町に向かうことになった。いつまでもここに留まっていると、トロールの血の臭いに惹《ひ》かれ、魔物が襲って来ないとも限らない。

俺とルーナがジライヤに、ツナデがオロチマルに乗っている。

ダーレンさんたちは獣車を牽《ひ》いていた二頭のジャイアントアイベックス（ビッグアイベックスの上位種のようだ）に分乗している。

移動しながらお互い自己紹介をした。

俺たちはエバーナ大陸から渡ってきた冒険者で、ラシアナ大陸の東を目指している。ルーナは訳ありで一緒に旅している豹獣族の少女だと説明した。

ここでは、義理の妹設定はなしだ。

どうも、四人のうちの誰かが、セッテータギルドマスターやカシデの副ギルドマスターと同じ《鑑識》スキル持ちのようで、さっきからチクチクするのだ。

そしてダーレンさんは、シャールの錬金術師だと名乗った。

今はフェスカのせいで、シャールの錬金術師はあちこちに隠れており、彼らは町の外の隠れ場所からやってきた。

ダーレンさんの後ろには郭言葉《くるわ》（に聞こえる）の女性、なんと魔族で種族はサキュバスだった。

どうりで見ただけでは種族不明なわけだ。非常に露出の多い襦袢《じゅばん》のような服と、腰のあたりに蝙蝠《こうもり》のような羽と、先がハート型になった細い尻尾《しっぽ》をお持ちで、名前はアナンチュリーさん。「チュリーと呼んでおくんなし」と言われました。

もう一頭のジャイアントアイベックスには、ワラバンセカのさらに東にあるヤマトイ国という島国出身のモミジさん。職業は侍だそうで。だから刀持ってるんだ。袴《はかま》っぽい服も、ヤマトイ国の衣装らしい。

そして最後の女性は、やはりエルフだった。彼女は名をファローニエさんと言い、愛称はローニだそうだが、チュリーさんと違って〝ローニと呼んでいい〟とは言われなかった。

ファローニエさんはエルフの森出身だそうだが、五十年ほど前に自ら森を出たいわゆるはぐれエルフだそうだ。五十年前って今いくつ……あ、睨《にら》まれた。

彼らはシャールに魔道具の納品に行く途中だったそうだ。なぜこんな夜に移動しているかといえば、それもフェスカのせいらしい。

彼らは以前はシャールに工房を持っていたのだが、フェスカの〝錬金術師狩り〟から逃れるため、現在は中央山脈のとある場所に隠れ住んでいる。場所は教えられないと言われた。

フェスカって〝獣族狩り〟だけじゃなく〝錬金術師狩り〟もしてるんだよな。なんて迷惑な国なんだ。

三十分ほど移動すれば、シャールの町が見え……山で見えないな。

シャールの南側に位置する、そう高くはないが、目前に見えるその山の向こうがシャールだ。一応中央山脈の一角ではあるらしい。

通ってきた山道は、シャールの東西北のどの門でもなく、山の中の洞窟《どうくつ》へ繋がっていた。

その洞窟《どうくつ》の前には兵士が二人立っている。

「ダーレン、遅かったな。何かあったのか？」

見張りに立っていた軽鎧の男の一人が、心配そうにダーレンさんに声をかけた。

「途中、トロールに襲われまして」

「トロール？　よく逃げてこられたな」

「そちらの冒険者のフブキさんたちが助けてくれたんですよ」

兵士は、後ろにいた俺たちを見て警戒をする。

「見慣れん顔だが」

「シャールの魔道具工ギルドに登録されてますから、大丈夫だと思いますよ」

「魔道具工ギルド？　ハガーゼズさんが認めたってことか。一応ギルドカードを確認したい」

俺は乞《こ》われるままカードを見せる。

「確かに、しかもゴールドの冒険者か。じゃあ通っていいぞ」

そのまま洞窟《どうくつ》の奥に進むと、大きな岩で道が塞《ふさ》がれていて、それ以上進めないと思ったが、よく見たらカモフラージュされた高さ三メートル、横幅四メートルほどの大きな扉だった。

ダーレンさんが、扉の横にあるカードスロットのような細い溝に、自分のギルドカードを差し込み魔力を流す。

すると、ゴシューとどこかで空気の抜けるような音がして、岩扉が下にスライドして開いていく。

「自動扉？」

「ご存知でしたか。シャール自慢の魔道具ですよ。ここは、シャールの錬金術師ギルドか魔道具工ギルドの登録がなければ開かない仕組みになってます」

そして岩扉の向こう側には、まるでゲームか映画に出てくる地下施設かと言いたくなる光景があった。

高さ四メートルくらいあって、荷車が余裕で通れるトンネルのようなその通路は、蛇行しつつ奥に続いていた。両側の壁には、間隔を空け点々と扉が並んでいる。

壁面の高い位置には、通路を煌々《こうこう》と照らす灯りの魔道具が設置されていた。窓がないから、一日中つけっぱなしなのかな。

通路を少し進むと十字路があり、左右は厩舎を兼ねているのか、広い場所になっていた。ダーレンさんのビッグアイベックス二頭とジライヤとオロチマルは、ここで待機になるようだ。

置いていかれると拗《す》ねるオロチマルを宥《なだ》めていると、アナンチュリーさんに促された。

さらに通路を奥に進んだところで、先に来ていたダーレンさんが扉を開けて待っていた。

「こちらにどうぞ」

ダーレンさんに促され、俺とルーナとツナデの三人はその部屋へ入っていった。

「ここは元は鉱山だったんですよ。もう何十年も前に産出量減少で封鎖されたものを、中央魔道具連盟が倉庫代わりに使ってたんです」

倉庫というより、なんというか居住区というか、地下シェルターみたいだ。なんとなくガラフスク村の住居に似てもいる。あそこも岩山を掘って作った住居だったな。

「倉庫というより、地下住居みたいですよね。十年ほど前にシャールの錬金術師ギルドと魔道具工ギルドが秘密裏に改装したんで、このようになったんです」

十数年ほど前から、フェスカ神聖王国による錬金術師の勧誘が強引になった。多分フェスカの方で政権交代とか何かがあって、上の方針が変わったんだろうと、ダーレンさんは言う。

当時すでにフェスカの悪評も流れてきており、優秀な錬金術師はシャールを離れたがらなかった。

しかし、年を追うごとにフェスカの勧誘は強引さが増していき、ついに誘拐という苛烈《かれつ》な手段に出はじめた。

そのためシャールだけではなく、ロモン公国中の錬金術師は身の危険を感じて、身を隠すかシッテニミや中央山脈に避難したそうだ。

一時的な避難のつもりが、時間が過ぎればフェスカとの関係が改善するどころかさらに悪化して、今の隠れ住む方が日常になってしまったらしい。

だが、とうとうロモン公国がフェスカ神聖王国と国交を完全に絶ったので、徐々に元に戻れるのではないかと期待してもいるようだ。

なんだかフェスカだけ〝常識〟が違うんだろうか？　違うんだろうな。人族至上主義というより、〝フェスカの人間だけ至上主義〟な感じだな。

ダーレンさん自身は中央山脈のとある場所に家を構え、家族と暮らしているとのこと。

時々納品のためにシャールに来るのだが、だいたいは夜に移動するらしい。

今回いつもの道が雨でぬかるんで使えず、回り道をしたところでトロールに遭遇したようだ。

「こう見えても二十代の頃はチュリーたちとパーティーを組んで冒険者もやってたんですよ。でも、トロール三匹はさすがに手に負えませんでした」

トロール自体は複数で出ることが珍しい魔物なんだそうな。中央山脈のトロールの生息地域から外れていたことから、もしかしたら縄張り争いでもあったかもしれないとかなんだとか。

しばらくしてファローニエさんたちが部屋へやってきて、全員が部屋に揃った。さすが全員になると部屋が狭く感じる。

「シャール側の出口の使用許可をもらってきたわ」

「外を回らずとも、町に入れるでござる」

ござるって、ヤマトイ国の言葉らしい。いや俺にそう聞こえているだけか。

「ついてきておくんなし」

チュリーさんが案内を買って出た。

「待ってください、フブキさん。これは助けていただいた御礼です」

ダーレンさんがジャラジャラと中身の音を鳴らすように、小袋を差し出した。

「いえ、謝礼目当てで助けたわけではないので」

「そんなに入ってません。ほんの気持ちです」

「受け取るでござるよ」

モミジさんも、ダーレンさんの手に自分の手を添えて、グイグイ押してきた。

「わ、わかりました。では、いただきます」

「はい、本当にありがとうございました」

ジライヤたちを迎えにいき、そのままシャール側の出口とやらに向かう。ダーレンさんとモミジさんは残るようで、その場で見送られた。

俺たちは、アナンチュリーさんとファローニエさんが乗るビッグアイベックスの後について、出口に向かった。山を突っ切るので、かなり距離はあったが。

こっちの出口は人間用サイズの、普通の扉……なのは内側だけで、反対側は建物の壁で取手もドアノブもなかった。そこは教会の礼拝堂のような場所で、出口そのものは顔が崩れて判別のつかない像の後ろにあった。

よく見れば、ここにもカードスロットのような細い溝があったので、ギルドカードで開く魔道具なんだな。

像の前にはお祈りのポーズをしていたおばあさん——いやおじいさんがかな——が、俺たちを見て静かに立ち上がる。

「イオジャーグ様のお導きがありますように」

突然アナンチュリーさんが、おじいさんに向かって頭を下げた。

「彼らをお願いします」

ファローニエさんがそう言うと、二人は戻っていき、扉が静かに閉まった。

おじいさんは何も言わず、俺たちを裏口へ案内した。ちょっと、何か説明が欲しいんですけど？

外に出ると、周りは若干くたびれ気味《ぎみ》の家が密集していた。マップで現在地を確認すれば、シャールの町の南東の端だった。今出てきた建物は、古い教会かな。

「アドミラネス様のご加護がありますように」

おじいさんはそれだけ言うと、扉を閉めた。

アドミラネス様って実在する神様なのかな？　そういえば、俺はこの世界の神様の名前は、フェスティリカ神しか知らないや。

というか、本当に何の説明もない。もしかして、知ってる者しかここを使わないから、俺も知ってる者って扱いか。

「なんや、ようわからんうちに終わったなあ」

「うん、でもトロールと戦えたからいいや」

「ああ、ごめんな、みんな。チャチャが心配してるかもしれないし、さっさと帰ろう」

少し歩いたところ、このあたりは貧民街っぽい。そこかしこからこちらを窺《うかが》う気配があった。

ジライヤたちには乗らずに、宿の方角に向かって歩きながら、ダーレンさんのことを考える。

向こうも《鑑識》っぽいスキル使ってきてたし、俺もいいかなと、別れ際にダーレンさんたちを《鑑定》した。

＝種族・エルフ　固有名・ファローニエ　年齢・65歳　状態・警戒
エルフの森のアカーシャ地区出身＝

ファローニエさんは結構なお歳でした。でもエルフって、成人したら二百年くらいは若いままなんだって。

＝種族・サキュバス　固有名・アナンチュリー　年齢・42歳　状態・疲労（軽度）
メトディルカ帝国、バファメット南西部出身＝

チュリーさんは結構若い。魔族はその種族によって寿命がまちまちらしい。サキュバスは人族とそう変わらないのかな。

『イエス、マスター。サキュバスは平均寿命百五十歳ほどですから、人族より長生きです』

＝種族・ヤマトイ人　固有名・モミジ　年齢・31歳　状態・警戒、空腹
ヤマトイ国、南近江出身。十年前、武者修行の旅に出ると書置を残し、許嫁《いいなずけ》との祝言から逃げてワラバンセカ経由でラシアナ大陸にやってきた＝

モミジさんだけ種族レベルが低いのか、結構説明内容が多い。ヤマトイ人って人族と違うのかな。

『イエス、マスター。人族の中の一つの種族です』

今まで出会った赤色人とかは、欧米系の顔してたけど、モミジさんってどちらかと言えば日本人顔だったな。アングロサクソンとモンゴリアンの違いみたいなものか。

三人の女性の鑑定結果は普通だった。

ファローニエさんとモミジさんには警戒されていたな。

そして肝心のダーレンさんの鑑定結果は、やはりバグってる、というか文字化けしていた。

=種族・異世界人　固有名・ダ■◇2&$∨ン　年齢・#＊歳　状態・緊張、焦燥
亜蛸壹；□P▲@縕＋9A¥、%）?=

名前のところ、最初の〝ダ〟と最後の〝ン〟は読める。ダーレンにしては文字数が合わない気もしないではない。パソコンの文字化けでもそうだから、文字数があってるとは限らないか。

「ナビゲーター、こういう、鑑定結果が読み取れない場合の原因って、何か思い当たる？」

『イエス、マスター。推測にすぎませんが、よろしいですか』

「ああ」

『以前《蘇生術》を使用した際〝魂〟がなければ鑑定時固有名が消失する、とお伝えしましたが』

ジースくんを蘇生させた際、魂がちゃんと留まっているかどうか心配したときだな。

『ステータスは〝魂〟に記された情報です。それが読み取れるのに判読できないということは〝魂〟がなんらかの原因で破損、もしくは欠けている可能性があります』

魂が破損？　何それ、こわっ。

「……キ、フブキ。宿についたよ」

『また考え事か？』

「んん、ああごめんごめん」

俺がしょっちゅう考え事しながら歩いていても、ルーナたちがいてくれるから道を間違えずに済んでいる。

途中でゲートを繋いで戻ろうと思ってたのに、結局歩いて戻ってしまったよ。

第四章　とある錬金術師の事情

「おかえりなさいませ。みなさんご無事で何よりです。お夜食を召し上がりますか」

車庫に行くと、チャチャが出迎えてくれた。

「うん、食べよ」

『ボクも、ボクも食べるの』

ルーナとオロチマルの言葉に、チャチャがさっと夜食を用意する。夕食のブラックターキーを細かく刻んで、雑炊《ぞうすい》というかリゾットのようにしてくれていた。これはこれで美味《うま》い。

それをいただきながら、ダーレンさんにもらった袋の中身を確認するため、テーブルの上に中身を出した。

「おっと」

金貨がチャリチャリーンと転がり、テーブルの端から飛び出したのをパッと受け取る。

金貨がひーふーみー……五千オルか、数えるまでもなかった。

「フブキ、これ何か書いてあるよ」

小さく折り畳んだ紙片が入っていたようで、ルーナが広げてみせた。


お話ししたいことがあります。

明日、三刻《八時》に魔道具工ギルドでお待ちしています。

できればお一人でお越しください。

ダーレン

「ああ、明日話がしたいって」

「ふーん、そんなこと書いてあったの？」

「これ文字なんか？　見たことない字やな」

あ……

これ、日本語じゃん！

やっぱりダーレンさんは、日本人で異世界人ってこと？　俺たち以外の召喚者？　スーレリア以外でも召喚ってやってるのか？

でもダーレンって偽名なのかな？　何かがあって偽名を名乗っている？　でも、名前のところ文字化けしてたし……日本のようで日本でないパラレルワールド的な世界からの召喚者？

召喚がなんらかの衝撃を与えて、ダーレンさんの魂が破損した？

もしかして雪音たちも、何か影響が出てるのか？

あの場で話さなかったのは何かあるのか？

え？　え？　これどうすりゃいい？

『マスターたちの〝召喚〟は、魂に衝撃を与えるような、特におかしいところはなかったと思われます。マスターがエバーナ大陸のベルーガの森に単独で降り立ったのは、召喚陣から落とされたことによるものですが、その際もフェスティリカ神のフォローがありましたから、魂が損傷するような影響はありませんでした。マスターの友人方にも影響はないと推測します』

そっか、そうならいい。そうだよな。フェスティリカ神もそんなことは言ってなかった、いや『俺を神域である山の近くに』みたいなことは言ってたな。うん。

「大丈夫か？　なんや、顔色悪いで？」

『その紙、よくないことが書いてあるのか？　フブキ』

ツナデとジライヤが心配して寄ってくる。ぐるぐると思考が迷い悪い方に行ってしまった。

「ああ、いや大丈夫だよ。俺が勘違いしただけでなんともない」

「なら、ええねん」

明日か。

「なあ――」

俺はこの手紙のことで、明日魔道具工ギルドに行く用事ができたので、みんなは冒険者ギルドで何か依頼でも受けて時間を潰《つぶ》してくれるよう話した。

最初ツナデとジライヤは訝《いぶか》しげだったが、何か察してくれたみたいだ。

ルーナをロモン公国内で一人にすると、やばいやつに目をつけられるかもとちょっと心配だが、オトモズがいれば大丈夫だろう。

でも念のため、依頼を受けるところまでは一緒に行こう。


翌朝、チャチャが食材の加工をしたいと言うので、キッチンカーを宿に置いたまま出かけた。

まずは冒険者ギルドへ行って依頼探しだ。

中央山脈の廃鉱山に湧《わ》いたアイアンゴーレムの退治というのがあった。廃鉱山は昨日の隠れ家とは別の鉱山だな。方向が違う。

ひとまず一緒にその廃鉱山まで行って、俺だけゲートで宿に戻ってくることにする。

最初は《分身》にしようかと思ったのだが、ギルドカードが一つしかないので……

コピーする手もあるんだが、討伐がカードに記載される不思議システムがあるので、ややこしくなる気がしたのでやめておいた。

冒険者ギルドでは「いったいいつの間にトロール退治をしたんですか！」と、ちょっとややこしい話になったけど、なんか上の方には魔道具工ギルドから連絡が来ていたらしく、ことなきを得た。

素材もほしいと言うので、未解体のままだが売ったのもよかったみたい。

そして全員で依頼の廃鉱山へ行って、中に入ってから俺だけゲートで帰ってきた。依頼の進行状況にかかわらず、昼に一度迎えに行く予定だ。俺はツナデの《分体》を背中にひっつけて宿に戻った。

ツナデと《分体》は、俺たちの念話と違って距離無制限で意思疎通ができるのだ。《小分体》のときより性能アップだね。

《分体》は喋《しゃべ》れないが、俺とも念話は可能。語彙《ごい》が少なくてツナデほどは会話できないものの、緊急時の連絡方法としてはお役立ちである。

「じゃあ、また出てくる。お昼には全員で戻ってくるよ」

「はい、お気をつけて行ってらしゃいませ」

すっかり滑舌《かつぜつ》のよくなったチャチャに丁寧に送り出され、魔道具工ギルドへ向かう。

約束の三刻《八時》ギリギリに魔道具工ギルドに着いた。冒険者ギルドと違って受付は狭く、人も二人しかいない。

俺の他に客もいないので、受付にギルドカードを見せて、人と会う約束をしていることを伝える。できればギルドマスターには会いたくないのだが。

……そうだ、ダーレンって、ブルシュクさんがポロリした名前じゃん！　うわあ、どうしようこれ、もしかしてヤバイ案件か？

「はい、伺《うかが》っております。案内しますので、こちらにどうぞ」

そんな俺の心情を知らず、受付の男性に奥の部屋へ案内される。今更引き返すのも変だよな、諦《あきら》めるか。

案内された先は、昨日とは別の商談部屋で、前の部屋よりもっと防音措置が施された部屋だった。中の音が外に漏れないような魔道具も設置されているんだとか。防音の魔道具かあ、どんな仕組みなんだろう？　ちょっと現実逃避してるな、俺。

「こちらです」

扉を指し示すと、案内してくれた職員は戻っていく。

扉を開けようとしたが、向こうが先に待っていたらノックがいるよな。あれ、防音の魔道具が作動していたら、ノックは聞こえるのか、なんて考えて、ドアノブから視線をあげると、ノッカーがついていたよ。ノッカーを、ここんと鳴らしてみる。

「どちら様で」

「風舞輝です」

「ああ、お待ちしてました」

ダーレンさんが扉を開けて迎え入れてくれた。

「どうぞこちらに」

中は三畳くらいの広さで、テーブルを挟んで二人がけのソファが対面に置かれているだけのシンプルな部屋だった。

ダーレンさんの他はチュリーさんだけで、あとの二人はいない。

座ると、チュリーさんが冷えたレモンティーのようなお茶を出してくれた。

「魔道具を作動させたでありんす。気にせず話しておくんなし」

ダーレンさんにお茶を渡してから、チュリーさんがそう言ってダーレンさんの隣に座った。

「フブキさんにはあの文字が読めたんですね。今まであの文字は私以外誰も読めなかったんです」

嬉しいのか悲しいのか、微妙な表情でコップを見つめる。

「失礼とは思いましたが、あなたを《鑑定》させていただきました。でも、ずいぶん種族レベルが高いのですね。種族名しか見えませんでしたが」

やはり《鑑定》されていたか。まあ、俺もしたからおあいこだ。

「俺もさせてもらいました。ダーレンさんは俺と同じ異世界人、日本人なんですか」

「日本人……私は日本人なのでしょうか？」

少し青ざめた顔で、そう俺に問い返してきたダーレンさん。彼の震える手を、チュリーさんがそっと握り締めた。

どういうことだ？

「私には昔の記憶、二十年前にチュリーたちに命を救ってもらったときよりも前の記憶が……記憶がないんです」

なんと、まさかの記憶喪失！

「えええ……」

張り詰めていたところに気が抜けて、ちょっと間抜けな声を出してしまった。

あれ？　もしかして文字化けの原因が記憶喪失なの？　いや、この場合逆なのかも。文字化けするような、魂が衝撃を受けるような何かがあって、それで記憶喪失になったとか。

「記憶をなくした私を助け、支えてくれたチュリーたちには感謝しかありません。今更もといたところに戻りたいとも思っていませんし。けれど、自分と故郷を同じくするかもしれない人、フブキさんに出逢って、故郷のことについて知りたいという好奇心がですね。それで、衝動的にあんな手紙を渡してしまいました。あなたの事情も顧《かえり》みず、申し訳ありません」

そう言って深々と頭を下げられた。身体を起こしたダーレンさんはチュリーさんに優しく肩を抱かれ、そうした行動に出てしまった思いと事情を語り出した。

それは今から二十年前のこと。

当時チュリーさんとファローニエさんは、別の三人と計五人で冒険者パーティーを組んでいたそうだ。

ダーレンさんと出会ったのは、ダンジョン目当てにスーレリア王国で活動していた頃だった。

二十年前はまだ今のように鎖国をしておらず、ダンジョンの多いスーレリア国内は、冒険者で賑《にぎ》わっていた。

王都の閉門時間に間に合わず、中に入ることができなかったチュリーさんたちは、その外壁の近く、王都から流れ出る川の支流のそばで野営の準備をしていた。川に用を足に行ったパーティーメンバーの一人が、川上からダーレンさんが流されてきたのを発見し引き上げた。

パーティーのその男性は、優秀な《生命魔法》の使い手で、怪我《けが》をして瀕死《ひんし》の状態だったダーレンさんはなんとか一命を取り留めたものの、目覚めたときには過去の記憶をすっかり忘れてしまっていた。

チュリーさんの《鑑定》により〝異世界人〟ということはわかったが、それ以外は何も読み取れなかった。

チュリーさんたち魔族やファローニエさんたちエルフには、それぞれ内容は違うものの〝異世界人〟の伝承があった。

どちらの種族においても〝異世界人〟の存在自体は珍しいものの知名度は高く、しかし大部分の情報は、一部の者以外には秘匿《ひとく》されているのだとか。

チュリーさんとファローニエさんの二人は、ダーレンさんの世話をすることにし、そのときの冒険者パーティーにはダーレンさんの種族を秘密にした。

チュリーさん以外のパーティーメンバーは《鑑定》スキルを持っておらず、ダーレンさんが異世界人だということに気づくことはなかったとか。

ダーレンさんが異世界人であることを隠した理由は、魔族とエルフに伝わる異世界人の伝承に関係するのだが、それは今は置いておく。

なお、チュリーさんはメンバーにはファローニエさんと同じ《鑑識》スキル持ちだと言っていたらしい。

ダーレンさんが異世界人とわかったチュリーさんは、エルフであるファローニエさんだけに真実を伝えたのだった。

その後、チュリーさんたちのパーティーは解散することになる。それは、ダーレンさんがきっかけになったわけではなく、メンバーの一人が結婚を機に引退することになり、《生命魔法》使いと戦士の二人は他のパーティーから引き抜きがかかっており、いい機会とばかりに解散に至ったそうだ。

チュリーさんとファローニエさんは記憶どころか、この世界の知識すらなかったダーレンさんを加え、新たに三人で冒険者パーティーを組んだ。二人はダーレンさんのレベルアップを図りながら、この世界の常識（と言ってもエルフと魔族のだが）を教え、生きていく術《すべ》を身につけさせていった。

ダーレンさんは助けられたとき、種族レベル1で召喚されたばかりだったので、生きていくためには早急にレベルアップやスキルの取得が必要だったのだ。

当時ファローニエさんは鬼教官だったと、昔を思い出してか、ダーレンさんはどこか遠くを見るような目をした。

そしてある程度レベル上げが終わり、問題なく旅ができると判断したら、早々にスーレリア王国を出て、中央平原のエルフの森を目指し旅をした。

魔族の伝承では〝異世界人は世界を越えるときに特殊な力を得る〟とされていた。

エルフの伝承ではさらに詳しく伝わっており〝異世界人は【加護スキル】と【称号スキル】と【ユニークスキル】を必ず持っており、それ以外に【ユニークスキル】に関係するスキルを必ず三つ持っている〟とされていたが、ダーレンさんにはスキル名が読み取れないものを別にして、一つしかなかったそうだ。

ダーレンさんがそのときのスキルを教えてくれた。


【加護スキル】《アイテムボックスLV1》《>■$&?※%★LV1》

【称号スキル】《言語理解LV1》

【生産スキル】《▲@#作LV1》《生産力上昇LV1》

【ユニークスキル】《物造りLV1》

【加護】《異世界神の加護》

【称号】《異世界より召喚されし者》


二十年前に召喚されたときも、地球の神様は介入したんだろう。ちゃんと異世界神の加護がついている。いや、召喚には毎回介入してるのか。神様って大変だな。

だって〝異世界人は【加護スキル】と【称号スキル】と【ユニークスキル】とそれ以外に【ユニークスキル】に関係するスキルを必ず三つ持っている〟って伝わるくらいなんだから。

【ユニークスキル】は異世界を生き抜くために地球の神様がくれた力だからな。

でも、召喚そのものを防ぐことはできないのは残念だよ。無理って言ってたもんな。

加護スキルの《アイテムボックス》は、確か称号の効果でもらえるはず。こっちに来てすぐにナビゲーターが教えてくれた。

二つ目の文字化けしてるやつは《パラメーター加算》かな。俺も最初から持ってるし。

称号スキルの《言語理解》も同じだが、俺が初期に持っていたのはユニークスキルに関係していない《取得経験値補正》《使用MP減少》《スキル習得難易度低下》の三つだった。これが〝三つのスキル〟なのかな。

俺の場合は《異世界神の加護×2》なので、微妙に違うかもしれない。《アイテムボックス》も時間停止の特殊効果が上乗せされていたし、ユニークスキルが最初から二つあった。二つある代わりに《取得経験値補正》《使用MP減少》《スキル習得難易度低下》の三つなのかな。

うーん、やっぱり俺はイレギュラーだから参考にならないな。

二人は、ダーレンさんの召喚になんらかの問題が生じたため、生命を脅《おびや》かすほどの怪我《けが》とスキルの消失が起こったのではないかと推測した。

エルフの里には《異世界召喚》に詳しい長老がいるため、失ったスキルが取り戻せるかもと、話を聞くために向かった。

だがファローニエさんは自らの意思で里を出た〝はぐれエルフ〟だったせいで、エルフの里に入ることができず、長老に話を聞くことはできなかったそうだ。

魔族にも伝わる話はあるが、チュリーさんには異世界人事情に詳しい知り合いもいなかったので、わざわざ帝国に戻らなかった。情報を得られない可能性が高いのに、下手したら数ヶ月もかかる旅をする気にならなかったと言われれば納得だ。

結局エルフの森までの旅の途中、ダーレンさんはここシャールで自分のやりたいことを見つけ、生産系の能力を伸ばすために定住したそうだ。

ユニークスキルが《物造り》ってどうやって生き抜こうとしたんだろう？　物を作ってお金稼ぐってことか？

◇　◇　◇

身体中が軋《きし》むように痛み、動かすこともできない。諦《あきら》めて目を開けると、僕を覗《のぞ》き込む心配そうな女性の顔が見えた。

誰かな？　知らない人だけどすごい美人だ。

「よかった、気がついたのね」

そう尋《たず》ねた女性は、きれいなプラチナブロンドに緑の瞳と、特徴的な長い耳をしていた。

「えっと、あなたは？」

「私はファローニエ、こっちはアナンチュリーよ。あなたは？」

名前を教えてもらって、続いて問い返された。

「僕は、僕は……」

僕は……誰？

問われても思い出せない自分の名前に、パニックを起こした。しかし、ちょっと動いただけで全身に激痛が走り、その後の記憶はない。多分気を失ったんだと思う。

再び目覚めたとき、やはり自分の名前どころか、ここがどこなのか、どうやってここに来たのかということだけでなく、自分が生きてきた今までのことが全く思い出せなかった。困惑する僕に、アナンチュリーと名乗った黒髪に赤い瞳の女性が何かを呟《つぶや》くと、途端に眠気が襲ってきてまた意識が落ちた。


死にかけるほどの大怪我《おおけが》をしていたと言われても、怪我《けが》をした記憶もない。

満足に動くこともままならない身体と、一向に思い出せない記憶に焦燥感《しょうそうかん》が募《つの》るも、数日が経って少し落ち着きを取り戻した。

そして、記憶はなくとも感性というか感覚というか、ここがなんだか僕が今まで生きていた世界と違うということはわかった。

見たことのない文字に聞いたことのない言葉のはずが、すんなりと頭に入ってくる。

「わっちらの国では〝世界を渡ってきた者〟が言葉に不自由しないよう、神様が祝福を与えてくださるのだと言われているでありんす」

「エルフの伝承では〝神よりこの世界《グラゼア》でつつがなく過ごせるように賜《たまわ》るもの〟と伝えられているのだけど、本当だったのね」

黒髪自体は見慣れた色だが、アナンチュリーさんの真っ赤な瞳はまるでルビーのようで、少し戸惑う。

視線を顔から下に向ければ、腰のあたりに蝙蝠《こうもり》のような羽と黒く細い尾が見え、さらに戸惑いを覚えた。

アナンチュリーさんも驚くほど美人だが、光を集めたようなプラチナブロンドに鮮やかな緑の瞳のファローニエさんの美貌にも驚きを覚える。けれど、その髪の間から長く伸びる耳介《じかい》を目にしたとき、二度見どころか三度見をしてしまうほどの驚愕《きょうがく》が僕を襲った。

アナンチュリーさんはサキュバス族で、ファローニエさんはエルフ族なんだそうだ。

彼女たちの他に、アングロサクソン系に見える人間（こちらでは人族と言うらしい）男性と、ずんぐりした筋肉質のおじさんはドワーフ族ということで、これまた驚き、最後に猫耳と尻尾《しっぽ》を持つ獣族女性でトドメを刺された。

物語に出てくる想像上の種族が勢揃いだ。僕の意識の中では〝想像上〟なんだけど、実際目の前に存在する人たちを見て、やっぱりここは僕のいた世界ではないのだと実感した。

五人は〝種族の夜明け〟という冒険者パーティーを組んでおり、たまたま立ち寄った川で流されていた僕を助けてくれた。

胸に大きな傷があって、発見があと少し遅ければ、僕は三途《さんず》の川を渡っていたみたい。えっとこちらでは〝虹の橋を渡って女神の庭へ招かれる〟って言うのか。

ジョキュアという人族の男性が《生命魔法》で僕を助けてくれた。

……ん？　待って、魔法って？　えええ！

この世界には魔法があったよ。エルフやドワーフがいるんだもの、魔法もあるよね。

魔法だけでなく、ステータスとかいうものもあった。

たとえ家族でもステータスを全てを教えることは稀《まれ》なのだそうで、エルフでは、教えあうことが信頼の証《あかし》なのだとか。

だけど僕のステータスは読めないところが二つほどあった。もしかしてこちらの人たちは読めるかと思って書き出してみたが、結局誰も読めず、これは文字化けなのかなと思った。

名前・ダ■◇2&$∨ン　年齢・%～歳　種族・異世界人　レベル・1

「だー？？？れん？」

名前のところでそう呟《つぶや》いてしまったことで、僕の名前はとりあえず〝ダーレン〟となったが、結局二十年そう名乗っている。

【加護スキル】《アイテムボックスＬＶ１》《＞■＄＆？※％★ＬＶ１》
【称号スキル】《言語理解ＬＶ１》
【生産スキル】《▲＠＃作ＬＶ１》《生産力上昇ＬＶ１》
【ユニークスキル】《物造りＬＶ１》〔生産系のスキルの習得難易度低下〕
【加護】《異世界神の加護》
【称号】《異世界より召喚されし者》

いろいろ悩むまでもなかった。称号に《異世界より召喚されし者》というのがあった。僕はここではない世界から召喚されたことは間違いなかったのだ。

それからしばらく、彼女らと行動をともにした。

記憶は戻らなかったが、生きていくために、たくさんのことを覚えていかなきゃならない。

自分のことがわからない上に、この世界のこともわからなかった。常識が異なる世界で戸惑い、不安を抱えた僕を、チュリーとローニは支えてくれた。

程なく猫獣族のカレラさんは結婚するからと、冒険者パーティーを抜けることになった。

すると、以前から別のパーティーに誘われていた人族のジョキュアさんとドワーフのガンガスさんの二人もパーティーを抜け、〝種族の夜明け〟は解散となった。

そこで僕とチュリーとローニの三人で、新たにパーティーを組んで、僕も冒険者となった。

ただ、僕の種族レベルは1。生まれたての赤ん坊と同じで、ちょっとした怪我《けが》でも死んでしまいそうだとか。物凄《ものすご》い怪我《けが》をしたのに助かったのは、かなり運がよかったと言える。

ローニが教えてくれたんだけど《異世界より召喚されし者》はスキルを習得しやすいと言われているそうだ。

確かに、その後の冒険者生活で……というより、鬼教官《ローニ》の指導でたくさんのスキルを得ることができた。

でも、あんな思いはもうごめんこうむりたい。もしまたレベル上げの必要があるなら、指導はローニ以外にお願いしたいな。

ローニが異世界人の話を聞きに、エルフの森へ行こうと言い出し、僕らは旅に出た。

旅の中で、戦闘以外のスキルも多く手に入れることができた。ユニークスキルの《物造り》のおかげだろうか。生産系のスキルを取得して十年が経つ頃には、一端《いっぱし》の錬金術師になっていた。

でも、十年経っても僕の記憶は戻らなかった。それもあり、僕はこの世界で生きていくことに決めた。

奥さんももらって子供も生まれた。僕は家族を養う家長なのだ。いまだにローニより弱いけど。

シャールに工房を構えるため資金稼ぎをしていた頃、ヤマトイ国からやってきたというモミジを拾った。彼女は行き倒れていたんだ。

自分も死にかけていたところを救ってもらった僕だ。

彼女に手を差し伸べることになんの躊躇《ちゅうちょ》もなかった。

今では、そのモミジも僕の家族だ。

この世界は一夫一婦制じゃないんだよ。家族がたくさん増えたんで、僕は稼がなきゃならない。

資金が貯まり、冒険者をやめてシャールの町に工房を構え、次々に新しい魔道具を生み出し、僕の錬金術師生活は順風満帆……と思いかけた頃、フェスカ神聖王国の連中がやってきた。

彼らは従魔の印を欲しがった。いや従魔の印を改造した隷属の首輪を作らせたがった。けれど、まともな錬金術師が応じることはない。

錬金術師がフェスカの要請に応じないとわかると、彼らはなんと錬金術師を誘拐してフェスカに連行するという強硬手段に出た。僕の兄弟子の一人も、突然いなくなってしまった。

相手を止めることが難しく、結果多くの錬金術師は隠れて暮らすことになった。

僕たちはたまたま中央山脈のドワーフと知り合いだったおかげで、隠れ住む場所を得られた。

今はそこで、奥さん三人と四人の子供たちと楽しく暮らしている。

◇　◇　◇

「僕の人生はすでにこちらに来てからの方が長いと思います。年齢もはっきりしないのですが、多分助けられたときは十六～七歳くらいだったと思います。けど、こちらではなんとなく若く見られていて、最初チュリーに十二歳くらいと言われたんです。ショックでした」

うん、日本人は外国人から幼く見られがち。俺もガキ扱いまではいかないが、若造扱いされたしヒョロイとかなんとか言われたしな。でも、ダーレンさんって、そもそも童顔だと思う。

「家族もいるので、今更戻りたいとは思ってませんけど」

ダーレンさんは柔《やわ》らかな笑みを浮かべてチュリーさんを見る。それを受けて優しく微笑《ほほえ》み返すチュリーさん。

この人、チュリーさんと結婚したんだ。そっか。じゃあ、ファローニエさんとモミジさんは、パーティーメンバーってことか。あれ、冒険者やめたんだっけ。

そういえば、他の二人が後からやってくるかと思ったが、一向に現れないな。俺は扉の方を窺《うかが》う。

するとダーレンさんが察したのか、二人は先に帰ったと教えてくれた。

「納品を済ませばすぐとんぼ返りするつもりで、子供たちを置いてきたので、二人は昨日すぐに戻ったんです。私は風舞輝さんと話がしたかったので一人残ると言ったんですが、妻たちは心配症で」

それでチュリーさんが残ったのか……ん？

「妻たち？」

「ええ、うちの奥さんたちは、三人ともゴールドの冒険者なんですよ。それでも、トロール三体を瞬殺はできませんけど」

今でも時々奥さんだけで依頼を受けたりしてますよと、照れながら言い切った。

「奥さん三人と子供四人を養うために新しい魔道具のアイデアが欲しくて、風舞輝さんに異世界、日本と言いましたか？　その国の話を聞けば、インスピレーションが湧《わ》くかと思いまして」

この人、ほんわかした感じのおっさんかと思ったら、奥さん三人って、どこぞのハーレム系主人公か!!

ダーレンさんは個人的な記憶は失っていたが、生活基準というか文明レベルというか、こんなことできたなという感覚が残っていたことで、いろいろな便利道具（魔道具）を作り出していた。

「もしかして、ダーマヤ商会の魔道具って……」

「ええ、ダーマヤさんには、新製品をいつも一番に買い上げてもらってます。レシピもお譲りしてますけど、僕以外だと作れない魔道具もあるので」

ダーマヤ商会が家電量販店ぽかったのは、この人のせいだった。記憶を失ってもなんとなく日常で使っていた電化製品の記憶があったんだろうな。

その後、四刻《十時》の鐘《かね》の音が街に響く頃まで、ダーレンさんに日本の話をした。

俺はしまい込んでいた地球のものを入れた通学鞄《かばん》を《インベントリ》から取り出し、ダーレンさんに見せることにした。

ジャージや制服には驚かなかったけど、スマホとソーラーバッテリーには首を傾げていた。

彼の中で携帯電話というのは家電《いえでん》の子機ような形をして、小さな液晶画面がついていた気がするそうで、その絵を描いてくれた。

不思議なことに、個人的な記憶が欠如しているのに、日常的なことと日本の常識的なことは覚えていたようだ。

後でナビゲーターが『推測ですが』と前置きをしつつ、教えてくれた。

ダーレンさんの記憶喪失は、脳という記憶媒体の損傷ではなく、魂損傷による魂レベルの情報を損失しているのではないか、ということだった。

「おかげで、こちらの生活に馴染《なじ》むまで苦労しました」

「苦労したのはダーレンではなく、わっちらの方でありんす」

そんな惚気《のろけ》も挟みつつ、二人はスーレリア王国の話をしてくれた。

「ダーレンを見つけたのは、スーレリア王都を流れるシュテ川の支流でありんす。シュテ川は王城の外堀と繋がっていて、王城には女神のダンジョンの遺物があるとも……」

スーレリアには、召喚に関係する遺物が残されているという噂があった。

実際に千年くらい前に〝勇者召喚〟が行われたことがあるそうだ。その勇者が興《おこ》した国が、スーレリア王国であるという伝承もあるそうだ。ただ、千年前ってことで伝承しか残っていないし、国の事情なんて他国には正しく伝わらないので、本当かどうかはわからないそうだ。

「召喚されたときに事故か何かで瀕死《ひんし》の重傷を負ったのかもって考えてたこともあるけど、今となってはもうどっちでもいい話だから、スーレリアに戻って調べる気もなかったよ」

ダーレンさんは召喚時の事故で怪我《けが》を負ったと考えていたようだ。

事故といえば〝魔法陣から突き落とされた〟俺も事故と言えるが、怪我《けが》もなくエバーナの森に降り立った。

もし何かが違っていれば、俺も死にかけるほどの怪我《けが》を負っていたのだろうか？

起こらなかったことを思い悩んでも仕方ない。俺は五体満足で加護も二人分もらってピンピンしてるからいいや。

そして、俺がスーレリアによって召喚されたが、同時に召喚された仲間は他に三人いて、俺だけ召喚陣から落ちたのだと言ったら驚かれた。

ダーレンさん自身は召喚時の記憶がないため、他に仲間がいた可能性は考えなかったそうだ。

昭和の異世界召喚の物語って、だいたい一回に一人な気がする。巻き込まれとかクラス単位っていうのは最近のフィクションかな。ビキニアーマーを着た女の子のアニメはもっと古いか。

いや二十年前は平成だ。

スーレリア王国で異世界から勇者を召喚しているという話は、二十年前も今も聞かないそうだ。

現在は鎖国しており、スーレリア王国についてはあまりいい話は流れてこない。

税が高く国民が困窮《こんきゅう》しているとか、あそこの王女はもうすぐ四十歳になるが結婚したという話を聞かないとか、国王が公の場にほとんど出てこないとか。重要でなさそうな話がちょこっと聞こえてくるくらい。

「鎖国していると言っても、国境線を全て封鎖できるわけでもないから、逃げ出してきた難民もいます。冒険者なら入国することはできますし」

ウォルローフ先生から教えてもらったことと同じか。

「二十年前の情報で申し訳ないですが」

と、スーレリアの地理を教えてもらった。

ルーズリーフとシャーペンをダーレンさんが懐かしがったので、消しゴムもつけてプレゼントした。

お礼に中級錬金術の本をもらう。今のシャールでは、身内以外が錬金術師や魔道具工に弟子入りすることは難しいそうだ。フェスカとの情勢が落ち着くのを待たないといけないだろう。

いや、弟子入りまでは考えてなかったけど。

ダーレンさんを疑うわけではないが、俺のことについてはあまり詳しくは話さなかった。

彼は自分でも「戻りたいとは思っていない」と言った。

彼は異世界で出会った同国人《日本人》という薄い繋がりより、今の生活《家族》を優先するだろうから。

もしかしたら、今もスーレリア王国との繋がりがあるかもしれない。

……と、ナビゲーターがね。

スーレリアは何のために異世界人を召喚しているのか、召喚した異世界人をどのように使っているのかわからないから、と。

本人が知らないだけで、なんらかの繋がりが今も残っているかもしれないと、警告をしてきた。

ちょっと心配性かもって、あれナビゲーターに人格ってあったっけ？

長々話をしていたら、二時間くらい経っていた。

「お時間ですが、延長されますか？」

防音結界を張っているこの部屋からは、外の鐘《かね》の音が聞こえなかったが、ギルド職員がそう告げに来た。

そろそろお昼の時間なので、延長はせず、ダーレンさんと部屋を出た。

「何かあればシャールの魔道具工ギルドに伝言をしていただければ、少し時間はかかりますが、私と連絡がつきます。でもフブキさんが旅を続けるなら、もうお会いすることはないかもしれませんね」

そう言って握手を交わし別れた。二度と会うこともないかもしれないが、あっさりしたものである。

この世界じゃ普通のことか。召喚されてからのことを振り返って、自分もそうだなと思う。

歩きながら、ダーレンさんの言ったことを反芻《はんすう》する。

彼が日本のことを知りたがったのは望郷の思いからではなく、魔道具のヒントが欲しかっただけのようだ。

一期一会という言葉を思い出した。日本にいれば会話を交わすことも、出会うことすらもなかった人との短い出会い。

この世界にどれだけの〝異世界人〟がいるのか。ほんのわずかな確率で出会った同郷のおじさんは、嫁を三人ももらって幸せそうだった。完全に錬金術師としてこちらの世界に馴染《なじ》んでいる。

「日本は一夫一婦制だしな。そりゃあ帰りたくないだろう」

嫁さんが三人なんて、日本じゃ無理だからな。

べ、別に羨《うらや》ましくなんてないからなっ。彼女いない歴＝年齢の俺には、嫁三人より、普通の彼女が欲しい。

それもこれも、日本に帰ってからの話だし。「俺、日本に帰ったら彼女作るんだ」なんて、死亡フラグは立てないよ。

そんなことはどうでもいいんだよ。

そもそも俺たちって、なんで召喚されたんだろう？

二十年前も今も、国と国との小競り合いとか紛争はあるが、大陸を滅しかねない災害だとか、〇〇族の世界制覇とか、種族殲滅《せんめつ》とか大きな歴史的事件は起こっていないそうだ。

魔王は単に魔族の王様だし。

スーレリア王国は十年前から鎖国をしているが、周辺諸国に侵略戦争とかしているわけじゃない。

小さな小競り合いはあるらしいけど。

スーレリア王国は、何のために異世界人を召喚しているのか。

行ってみたらわかるのかって話だけど、そこのところは俺としてはどうでもいいっていうか。

「魔王を倒せば戻れる」と騙《だま》される異世界転移系主人公のラノベも読んだことあったけど。

俺たちの場合は、戻る方法はフェスティリカ神が用意してくれると言ってたので、魔王討伐的な使命《ノルマ》はないし。

それはともかく、二十年前にダーレンさんは召喚されたのに、なぜ放置された？

放置されたんじゃなくて、死んだと思われた可能性もあるか。

嫁さんたちに助けられなかったら、パーティーに生命魔法使いがいなければ、彼は死んでいたはずだから。

うーん、考えてもわからないからやめよう。

そろそろお昼の時間なので、一旦宿に戻ってから廃鉱山へみんなを迎えに行こうとしたときだった。

『ジライヤのレベルが上がりました』

ナビゲーターのレベルアップコールがきたため、依頼が終わったかと、冒険者ギルドカード取り出して見たら、ストーンゴーレムの記載が増えていた。アイアンゴーレムが見つからないのかな？

まあいいや。チャチャに声をかけてから、廃鉱山へ行こう。

考え事をしていても、ちゃんと宿にたどり着いた。道を間違えたらナビゲーターが注意してくれるようになった。《アクティブマップ》の権限委託しててよかった。

「これが、本当のナビゲーターってか」

……一人だと誰も突っ込んでこないけど、これはこれで虚しいな。キッチンカーの置いてある車庫に入って、チャチャに声をかける。

「ただいま、チャチャ」

「おかえりなさいませ、家主様。あら、お一人ですか？」

「ああ、今からみんなを迎えに行ってくる。お昼は揃ってから食べるよ」

「わかりました。ご用意しておきますね」

チャチャとやりとりをしてから、ゲートを繋いで廃鉱山へ。

大きな岩があって坑道の見通しが悪いところに〈空間記憶〉しておいたのだが、念のため頭が出せるだけの大きさにして、様子を確認する。近くに誰もいなさそうだったので、改めて俺が通れるサイズのゲートを繋いだ。

ずっと背中に張りついていたツナデの分体が静かだったから、特に問題は起こってないと思う。

『レベルが上がりました。ツナデのレベルが上がりました。オロチマルのレベルが上がりました。ルーナのレベルが上がりました』

お、アイアンゴーレムが見つかったのかな。念話で連絡してみるか。

『おーい、依頼の具合はどうだ？』

『フブキ、アイアンゴーレム二体倒した。あと一体今から倒す』

『まま～、ボクブインッってしてドッカンてしたよ！』

ジライヤから報告がきた。オロチマルの言ってることはよくわからないが、活躍したのかな。

ゴーレム系は大きくて硬くて倒しにくそうだけど、結局は全員レベルアップしたぞ。

マップでみんなの位置を確認するが、結構奥に進んでいるようだ。あれ、光点の数があわない。

あと一体と言ったが、全部で三体のモンスターの反応があるぞ。

『ジライヤ、近くにもうあと三体いるようだが……』

そう言ってる間に一つ灰色になったので、一体倒したようだ。

『最後のやつ倒したから、他はもうおらんで？』

ツナデも念話で、倒したアイアンゴーレム以外の二体の姿はないと言ってきた。

『俺もそっちに行く』

みんなのいる場所にマップから〈空間記憶〉を追加して、ゲートを繋いだ。

「フブキ」

『まま！』

ルーナとツナデが俺の方へ駆け寄ろうとしたが、それより早くオロチマルが飛び込んできた。

坑道は天井の高さがまちまちで、高いところで三メートルほどだが、ここは採掘場だったらしくサッカーコート二面分ほどの範囲がドーム型に掘られ、天井の高さも十メートル以上ありそうだ。

階段状、というかすり鉢状に中心に向かって掘られたために、競技場か闘技場のような趣《おもむき》がある。

『まま、かったいの、とってもかたかったけど、ボクちゃんとやっつけたよ』

ほめてほめてと、大きな身体を擦《こす》りつけてくるオロチマルを撫《な》でながらあたりを見回す。

あたりに散乱しているのは、灰色のストーンゴーレムと鈍《にぶ》い錆色《さびいろ》のアイアンゴーレムの残骸だ。

三体にしては多い気がするが、三体はアイアンゴーレムの数で、ストーンゴーレムは含んでないのかも。

残りの二体の反応は……

「壁の中？」

その言葉を待っていたかのように、奥の壁面がぼこぼこっと盛り上がった。

全員がその気配を察知し、ばっと壁面に向かって警戒態勢をとる。

あ、オロチマルだけ首を傾《かし》げた。

オロチマルには気配察知系のスキルがなかったわ。いや、ツナデだってないから、やっぱり性格か。

「なんやあれ」

『黒い』

うん、ストーンゴーレムは灰色で、アイアンゴーレムは錆色《さびいろ》だったが、そこに現れた身長三メートルほどのゴーレムは黒かった。

＝種族・アイアンゴーレム（変異体）　MR・C　固有名・─　年齢・０歳　状態・困惑
魔法生物系モンスター。アイアンゴーレムの変異体。ゴーレムは魔素の集積する場所で発生することがあり、淀《よど》んだ魔素により変異体となった。スキル《物理耐性》だけでなく《魔法攻撃無視》を持ち、通常のアイアンゴーレムより防御力が高い＝

「変異体？　《魔法攻撃無視》って魔法効かないの？」

『イエス、マスター。《魔法攻撃無視》は全く効かないわけではなく、魔法攻撃による怯《ひる》みなどの行動をとらないスキルのようです』

「普通のアイアンゴーレムには《雷魔法》がよく効いたのに」

ナビゲーターの説明にルーナが、ナイフに纏《まと》わせようとしていた《雷魔法》を中止する。

「いや、効かないわけじゃないから」

続けてもう一体現れたが、そっちは普通のアイアンゴーレムだった。

「ウゴアァ……」

変異体ゴーレムが、何かを振り払うように両腕を掲《かか》げる。

ゴーレムってしゃべるっていうか、叫《さけ》ぶんだ。

「ンガァ……」

そのまま俺たちの方に向かってこようと一歩踏み出す。

俺たちは一斉に散開して、変異体ゴーレムから一旦距離をとった。

全員戦闘準備はできている。俺もククリを取り出し、そこに魔力を流した。《物理耐性》を持つ変異体ゴーレムに、ククリがどれほど効果があるか？

「みんな一斉に――」

かかれと号令をかけようとしたときだった。変異体ゴーレムがさらに一歩踏み出そうとして――

ガツン……

「あ、躓《つまず》いた」

ルーナの言う通り、脚が床に転がっていたストーンゴーレムの残骸に引っかかって、そのまま変異体ゴーレムはうつ伏せに倒れていく。

後ろについてきていたアイアンゴーレムも、転倒した変異体ゴーレムに躓《つまず》き、折り重なるように倒れていく。

ドガガガーン……

ドーム状に掘り進められた採掘場は、雑多なもの（うちの子が倒したゴーレムとか）が転がっていて、避けようとしたのかな。転倒してもがく二体のゴーレムの身体が、採掘場の壁やら床やらお互いの身体やらにぶつかる音が響く。反響して耳が痛いな。

必死に起き上がろうとするも、変異体ゴーレムは上に乗ったアイアンゴーレムのせいで起き上がれず、アイアンゴーレムはアイアンゴーレムで、変異体ゴーレムが下でもがくため起き上がれない。

「えーっと。かかれ？」

「あーうん」

「そやな」

『……いく』

『いっくよー！』

空気を読まないオロチマルのかけ声に、全員はっと我に返って、まず上のアイアンゴーレムに攻撃を仕掛ける。

俺はククリに多めに魔力を通したところ、簡単にアイアンゴーレムの胴を斬ることができた。

しかし、刃渡りが胴より短いため、斬り落とすには至らなかった。

そこに、反対側からルーナが雷を纏《まと》ったナイフで斬りかかると、アイアンゴーレムは上下にお分かれとなった。

魔法生物というのは、動物系と違って胴が真っ二つになってもそれで終わらない。核になる部分を潰《つぶ》さなければならないのだ。ゴーレムも、一文字消したら終わりだったら楽なのにね。

アイアンゴーレムの下半身が落ちたことで、変異体ゴーレムは邪魔な重石が減って軽くなったと言わんばかりに、勢いよく起き上がろうとした。

変異体ゴーレムが身体を起こしたことで、アイアンゴーレムの上半身が転げ落ちる。そこにジライヤが突っ込んで行き《噛砕》でアイアンゴーレムの頭を噛み砕く。

アイアンゴーレムの核は頭部にあったようで、残った上半身は鉄の塊《かたまり》となって転がり落ちた。

鉄をも噛み砕く《噛砕》スキルの威力よ。

変異体ゴーレムの方は、立ち上がろうとしたところに、ツナデの蔓《つる》がぐるぐると巻きつき、中途半端な姿勢で身動きが取れなくなる。そこにオロチマルの《烈脚》が頭部に命中し、粉々とまでは行かないまでも、頭がボロボロと崩れる。

魔法攻撃を受けても怯《ひる》まないいんじゃなくて、そもそも痛覚がなさそうだな。オロチマルの攻撃になんの痛痒《つうよう》も示さず、蔓《つる》の拘束をブチブチと引きちぎっていく。

俺は両手にククリを持って飛び上がると、前傾姿勢の変異体ゴーレムの肩に着地し、頭部を上からスライスするように何度も刃を振るう。

スライス五枚目くらいで、ククリから違った手応《てごた》えを感じたので、変異体ゴーレムから飛び降りて距離を取る。

『オロチマルのレベルが上がりました』

核をスライスできたらしく、変異体ゴーレムはまたも前に倒れていき、ドドドンと崩れ落ちて動かなくなった。

「変異体ゴーレムの核が上の方にあってよかった」

多分、眉間《みけん》あたりにあった。もっと下だったら、何回スライスしなきゃならなかったんだろう。

「なんや、あっけないな」

「さっきのはもっと時間がかかったのに、フブキと一緒だとすぐ終わっちゃう」

「いや、俺のせいじゃないぞ。なんでかあの変異体ゴーレムは困惑状態だったからな」

混乱までは行かなくとも、困惑していたせいで転んだりしたんだろう。

「とりあえず、回収したら一度戻るぞ。チャチャがお昼ご飯を作って待ってくれてるからな」

「『はーい』」

『ストーンゴーレムは持って帰る？』

ジライヤにアイアンと変異体だけでいいと答え、ストーンは放置することにした。

みんなが転がる素材を集めようと散らばりかけたが、それを止める。

「俺が集めるからみんなはいいぞ。〈アトラクション〉〈アポート〉〈アポート〉」

今こそ《転移魔法》と《重力魔法》の使いどきだ。俺を起点に〈アトラクション〉で引き寄せつつ、中から欲しいものだけ〈アポート〉で手元に移動させて《インベントリ》に収納していく。これチョー便利。

割と小さな破片まで〈アポート〉で回収したので《転移魔法》がレベルアップしたよ、やったね。

「じゃあ宿に戻るぞ」

そう言って、ゲートをシャールの車庫兼厩舎と繋ぎ移動すると、チャチャに出迎えられた。

「おかえりなさいませ」

「ただいま～」

『ごっはん～』

舌っ足らずではないチャチャのお出迎えにまだ慣れなくて、ちょっと二度見してしまう。

俺の視線ににっこり笑顔で応《こた》えるチャチャだった。

一応普通のアイアンゴーレムを四体も倒したので依頼としては終わったのだが、やり足りない感のある面々の希望で、午後もアイアンゴーレム探しをすることになることを、このときの俺はまだ知らない。


というわけで、再び廃鉱山に移動することになった。

俺とジライヤが参戦しなければ、そこそこいい戦いができるようだ。

「フブキがいると、すぐ終わっちゃうんだもん」

俺的にはその方がいいと思うんだけど。

「戦い方を工夫して、やっつけたときの方が気持ちええやん」

まあ、その方が成長できるというか、スキルのレベルも上がるけど。

『ビューンてして、ドカッてするんだ～』

若干一名わかってない気もするが、楽しそうなのでいいか。

変異体ゴーレムが出た採掘場とは別の採掘場に、二体のストーンゴーレムと一体のアイアンゴーレムの反応があった。目視で確認したが、ちゃんと三体のゴーレムだけだった。

ここには他の反応がなかったので、後から増えるということもなかった。

あれって、土の中に潜んでいたのかな。

依頼はアイアンゴーレム一体以上の討伐だったのだが、それは一体倒せば依頼完了なんだよ。

合計で変異体ゴーレム一体とアイアンゴーレム五体、ストーンゴーレム四体って、倒しすぎじゃね？　今日一日で全員種族レベルが2アップしたから。

まあ、午前中はゴーレムを探すのに時間がかかったようだ。昼からは、俺が《アクティブマップ》で探してすぐ戦闘に入れたこともあり、満足してくれたみたい。

廃鉱山の入り口近くにいる見張り役の鉱夫に、アイアンゴーレムを倒したことを報告する。彼に依頼達成のサインをもらわなければならないのだ。

普通なら冒険者ギルドカードの【討伐】で確認できるんだけどな。

「なんと五体もか、どこの採掘場だ？」

鉱夫が大まかな地図を出してアイアンゴーレムの出現場所を確認してきたので、二ヶ所を指差す。

「えっと、ここで四体、こっちで一体だな」

「同じ場所に四体も出たのか。こりゃあ大量だな、ありがたい。おい、お前ら行くぞ」

建物に向かって呼びかけると、待ってましたとばかりに五～六人の鉱夫が建物の中から出てきた。

それぞれがツルハシやハンマーと背負子を背負って、坑道に入っていく。

「えっと、どこにいくんだ？」

「ああ、アイアンゴーレムの素材回収だ。冒険者が倒したゴーレムの素材を回収すれば、採掘する手間が省けるからな」

そう言って、彼も坑道の中に入っていった。

『なあ、素材って』

「ストーンゴーレム以外」

『フブキが回収した』

ツナデ、ルーナ、ジライヤが俺を見て言う。うん、回収した。だって、倒したモンスターの素材は倒した冒険者のもんだろ？

『イエス、マスター。けれど、アイアンゴーレムの素材を全て回収できる冒険者はあまりいないと思われます』

『それにうちら』

「素材持ってないし」

うん、全部《インベントリ》の中だ。カムフラージュで、持っているフリもしてないしな。

これってどうよ？

『そやかて、素材は倒したもんが総取りしてええねんやろ』

「でもあの人たち、全然なかったらどう思う？」

「だよな、ちょっと行ってくる」

まず最初の採掘場にゲートを繋いで、アイアンゴーレム四体と変異体ゴーレムの塊《かたまり》を取り出し、〈リパルション〉でばら撒いた。そこから変異体ゴーレムとアイアンゴーレム一体の胴体部分だけを回収する。

そのまま二ヶ所目の採掘場へ移動して、残り一体のアイアンゴーレムをばら撒いた。どれも魔石の部分はとってあるから、こっちのは回収しなくていいか。核と魔石はまた別なんだよ。

ばら撒き作業を終えると、坑道の中に足音が響いてきた。鉱夫たちが来たみたいだから早く戻ろう。

ゲートを繋いで鉱山口へ戻る。

『『『「おかえり」』』』

「ただいま。ちょっとは回収してきたから、大八車に載せよう」

変異体とアイアンの胴体を大八車に載せた。胴体だけとはいえ、結構な重さだから、大八車が軋《きし》んでいる。減重の魔道具を〈複製《デュプリケイト》〉して取りつけておくか。

あ。依頼書にサインをもらってないぞ。帰るに帰れないな。

「おーい」

坑道の中から見張りの鉱夫が走ってきた。

「すまんな。気が逸《はや》ってサインし忘れた。んあ？　あんたらゴーレムの素材を持ち出してたのか？」

「ああ、一部だけだが、まずかったのか？」

「いや、普通は俺たちが回収した分から、いくらか手間賃を引いた素材の代金が後日払われるようになってる。冒険者が自分たちで回収することはしないんだ」

そういうシステムだったのか。

「俺たちはもうすぐシャールを離れるんだ。素材の代金は、この回収した分を自分たちで買い取りに出すから、そっちで回収した分はいい」

「結構な額になるがいいのか？」

俺の言葉に、見張り役の男がサインの手を止め、こっちを見る。

「ああ。もともとここには魔道具を買いに立ち寄っただけで、すぐ発《た》つつもりだったし。魔道具が結構したんで、旅費稼ぎのつもりで討伐依頼を受けたんだ。もともと素材の売却金は考慮してなかった」

魔道具を買ったのは本当。旅の資金は不足してなくって、全然余裕あるけど。でもそう言っておく。

「そうか、どうりで初顔の冒険者だったわけだ」

ここの依頼を受ける冒険者は、割とおなじみなんだろう。ゴーレムって、力押しで戦うパーティーに向いてるからかな。

「よし、素材売却金のことも書いておいた。これで依頼料が上乗せされるはずだ。助かったよ、旅の安寧を祈っておくぜ」

勢いよく依頼票を突き返されたので受け取ると、見張り役の男は坑道の中を走って戻っていった。

「さて、ここから少しだけ歩いてシャールに戻るから、ジライヤは大八車を牽《ひ》いてくれるか」

『わかった』

シュルッと大型犬サイズまで小さくなったジライヤに大八車の牽引《けんいん》をまかせ、廃鉱山を後にする。

普通の鉱山としては〝廃〟なんだろうけど、ゴーレムが湧《わ》いてきて鉄が取れるから〝廃〟ではないのか。ややこしいな。

このままずっと歩いてシャールまで戻るわけじゃない。ある程度進んだところで山道に人気《ひとけ》のないことを確認し、大八車を収納してゲートを繋いで宿に戻るつもりだ。

夕方の閉門前に門を通って帰ってきたように偽装するため、チャチャにお茶を淹《い》れてもらって時間を潰《つぶ》すことにする。


「家主様、そろそろ七刻半です」

ダーレンにもらった錬金術の本を読んでいたら、いつの間にか時間が経っていてチャチャが教えてくれた。

「よし、じゃあみんな、一旦町の外に出るぞ」

「「はーい」」

『わかった』

ルーナとツナデ、ジライヤの返事はあったが、オロチマルが寝ていたのか『んん、ままごはん？』

とちょっと寝ぼけてた。

ゲートを繋いでシャールの町の外に移動し、素材を積んだ大八車をジライヤに牽《ひ》いてもらって門へ向かう。

これを冒険者ギルドで売ったら、この町ですることは終わりだ。

明日はシャールを出て隣国カーバシデへ向かう予定だ。そのままニーチェス、セバーニャと移動する。セバーニャからスーレリア王国へ、冒険者なら入れるようだが、セバーニャで情報収集が必要だろうな。

「ん、冒険者か。これはなんだ」

考え事をしながら門に並んでいたら、いつの間にか自分の番になっていた。

「ああ、アイアンゴーレムの討伐依頼を受けたんだ。その素材だが」

依頼票を見せて説明をした。

「わざわざ自分たちで持って帰ってきたのか？　冒険者ギルドでは鉄は買い取ってくれんぞ。商業ギルドか鍛冶ギルドでないと扱わんが、そっちに伝手《つて》があるのか」

なんですと？

「ああ、あんた魔道具工ギルドにも所属してるのか。なんだ自分で使う分か、そうかそうか」

門番が俺のギルドカードを見て勝手に納得してくれた。そういうことにしておこう、うん。

……別に今すぐお金がいるわけじゃないし、換金しないと困るわけでもないしな。《インベントリ》

の中に入れときゃ邪魔にならんし。今度自分で何か作ろう。

『フブキ、また何か作る気でいるよ』

『そやな、またヘンテコなもん作るんちゃうか』

そこ、ひそひそ声っぽいけど、念話だから聞こえてるから。ヘンテコじゃないからね。

しかし、なんのためにカモフラージュして、何度も町を出たり入ったりしたのか。

ゴーレム素材は冒険者ギルドに持っていっても仕方ないなら、先に宿に戻って収納するか。

「俺とルーナで冒険者ギルドに行ってくるから、みんなは宿で待っててくれ」

一旦宿に戻って大八車を収納し、ルーナと冒険者ギルドに向かった。

ここは山に囲まれているので、太陽は早めに隠れてしまう。だが、あちこちに外灯が灯っていてそこそこ明るく、人通りもまだ減る様子がない。

今日はあちこち移動が多かったな。ログハウスは出せないから、浴槽だけ出して風呂に入るか。

それなりに混んでる冒険者ギルドの中は、結構汗や獣や血のにおいがして臭かった。

◇　◇　◇

箱車の中にはカムフラージュ用の荷物だけを積んで、シャールの東門から町を出た。

カーバシデの国境までは徒歩で五日ほどかかるとのことだが、人の少なくなったあたりで箱車を収納し、騎乗に替える。

オロチマルに全員乗って一気に国境まで進むことにした。

カーバシデ王国は、西がロモン公国と、北がフェスカ神聖王国と接しているせいで、カーバシデ王国側から入ってくるフェスカ勢を警戒して、やはり国境あたりは物々しい。

だが、ヴァレンシの国境のような城塞はなく、要所要所に国境監視のための砦《とりで》があるくらいだ。

ヴァレンシ＝ロモン間の城塞は、大昔に人族の国と獣族の国との国交がなかった頃に造られたもので、今も国境線として扱われている。

断絶の山脈と中央山脈に囲まれた人族の国は、何度か国が変わっており、国境線も今の形で落ち着いたのは百年ほど前のことらしい。

フェスカがちょっとずつ侵攻しているから、落ち着いたとは言えないか。

カーバシデ王国側も国境警備が物々しい。フェスカがロモンにしているのと同じく、カーバシデにも手を出しているらしく、フェスカ＝カーバシデの国境も結構きな臭い。

そんな感じで、ロモンからカーバシデへ移動するには、北に行くほどややこしくなる。

シャールから大きな街道は北東方向に延びているが、俺たちは中央山脈沿いの街道を移動することにした。こっちの道は向こうに比べて細いと言っても、獣車が余裕で通れる幅があるし、そここそ使われているようで、轍《わだち》の跡がくっきりしている。

国境付近で一泊するのはまずそうなので、その日は早めにロモン公国内で、夜営というかログハウスを出すことにした。

街道から逸《そ》れて中央山脈の山の中に移動する。道から外れて森の中へっていうのは、いつものことだ。

翌日は国境を越えるつもりだが、検問を無視して中央山脈をいくかどうか悩むものの、特にやましいこともないので、ちゃんと通ることにした。

そのため、中央山脈沿いの街道から少し北上して、大きめの街道に出る。なんだかこのあたりの村は寂《さび》れた感じがするので、そのまま寄らずに国境を目指した。

国境の手前にアビハルの町があった。一応冒険者ギルドに寄って移動の手続きをする。移動制限が解除されているから、気が楽だ。


ロモンとカーバシデの国境線に壁はない。検問所のような門と高さ二メートルほどの柵が数百メートルほど連なっている。ただ、牧場の囲いみたいな隙間《すきま》だらけの柵なので、抜けようと思えば抜けられる。

こんなのでいいのかと思ったが、国を全部囲むなんて無理な話だからな。

チュリーさんから、国境ではスーレリアへ向かうとは言わずに「セバーニャに向かうと言った方が無難でありんす」とのアドバイスをもらった。

スーレリアは鎖国していることもあり、周辺諸国とのトラブルも多い。周辺諸国の冒険者ギルドも、ダンジョン目当てであっても、スーレリアへ行くことをよしとしていないという。なにせ、半分以上戻ってこないのだから。

セバーニャにもいくつかダンジョンがあるのだが、そういう状況なので、そちらは冒険者があふれ気味《ぎみ》らしい。

検問ではジライヤとオロチマルに驚かれはしたが、とりあえず国境を越えることはできた。

ルーナが引き留められるかと思ったが、ここでは何も言われなかった。

ヴァレンシ側の国境と違って、ヴァレンシ共和連合と遠く離れているせいか、こっちの人は獣族に思い入れがないのかな。

一応チェックはされた。水晶玉の犯罪者チェックを受けたし、事務的な感じで奴隷狩りに注意するようには言われた。

この世界に召喚されて六十三日目、二ケ月が経った。ラシアナ大陸にやってきて三つ目の国、カーバシデ王国に到着だ。

目的地まで半分は過ぎたんじゃないだろうか。

雪音、もうすぐ、もうすぐ会える……かな？

第五章　それぞれの思いと思惑と

「ちょっと出かけてくる」

「お帰りは？」

「あー、朝には戻る」

隣室の扉が開く音を捉え、女騎士《メルベリス》は宿の自室を出た竹中勇真《たけなかゆうま》を追いかけながら問いかけた。

だが、問いかけられた本人は億劫《おっくう》そうに、足を止めることなく、また振り向きもせずに階段を下りていった。

「いいのか？　また華館だろう」

メルベリスの隣にやってきた女兵士《ヴェロニカ》が、鼻にシワを寄せてうなるように言う。

「仕方なかろう。シモーヌは王都を離れるわけにいかぬし、メイド《ステア》もここまでついてはこれない。なんならお前が相手をするか？」

「はん、あんなお坊ちゃんじゃ相手にならねえよ。連れてくる人選ミスったかな。レーシーあたりなら金を積めば、お坊ちゃんの相手くらいしただろうに」

メルベリスは大きくため息をつくと、ヴェロニカに目配せをする。ヴェロニカも了解とばかりにうなずくと、二人は宿の自分たちの部屋に戻っていった。

ここはサーキュスという名の、スーレリア王都より南にあるカハテロ山の麓《ふもと》にあるダンジョン町だ。

スーレリア国内には多くのダンジョンがあり、国はダンジョンの入り口やその周囲に、ダンジョン町と呼ばれる町を作っている。

ここサーキュスの町――町というには規模は小さいが――には〝幻影〟と呼ばれるダンジョンがある。

国内にある他のダンジョン町と違い、町中《まちなか》は閑散としており、冒険者は少なく活気に乏《とぼ》しい。それはダンジョンの特徴のせいであった。

この幻影のダンジョンには、二足歩行のいわゆる人型と呼ばれるモンスターが出現する。ゴブリンにコボルト、オークなどだ。深層にはオーガやトロール、ボス部屋にはミノタウロスなど、上級モンスターも出現する。

だが、ここのダンジョンのモンスターは、普通のモンスターとは違っていた。倒すと黒い霧になって消滅するのだ。

魔石を残すことがあるが、死体は残らず黒霧となり消滅する。

冒険者ギルドカードに討伐記録が刻まれるため、経験値は得られているのだろう。しかし黒霧に変わるということは、死体が残らず、素材を得ることができないのだ。

倒したモンスターの死体が残らず、黒霧となって消える。それがこのダンジョンが〝幻影〟と名づけられた理由だ。

冒険者はモンスターを倒し、その素材を売ることで稼いでいる。素材が手に入らなければ、働き損と言える。

そして、違いはもう一つある。幻影のダンジョンのモンスターは、必ず何かしらの装備を所持していることだ。武器であったり、防具であったり、その両方であったり。

モンスター自体は黒霧となって消滅するが、モンスターの装備は残る。その装備を売れば金になりそうなものだが、モンスターの落とすそれは、価値のないゴミのようなものが多い。金属ならば、かろうじて鋳潰《いつぶ》して再利用することができるが、革などはほぼ使い道がない。

このダンジョンのモンスターは、倒しても旨味《うまみ》が少ないのだ。

階層ボスを倒せば宝箱を得ることもできるが、その階層ボスがミノタウロスやトロールと言った大型では、五級以上で最低四人のパーティーが必要だ。

宝箱一つだと、パーティーの儲《もう》けなど、分けてしまえばわずかである。

そんな旨味《うまみ》のないダンジョンでは、冒険者は稼ぐことができない。

せいぜい、カッパーランクが浅い階層で戦闘訓練をするくらいだ。

旨味《うまみ》のないダンジョンならさっさと制覇し、ダンジョンコアを破壊して、ダンジョンを消滅させるものだが……モンスターはその性質ゆえか、ダンジョンより溢《あふ》れ出ることがない。

それなら、と国は〝人型〟というのを生かし、兵士の戦闘訓練に利用することにしたのだ。よって、旨味《うまみ》のないダンジョンであったが、国よりダンジョンコアの破壊を禁止されている。

常に一定数の兵士が部隊単位で訓練のためにやってくる。サーキュスの町の中を彷徨《うろつ》くのは、冒険者ではなく兵士なのだ。

そんな町に一般の平民は近寄りたがらない。町中《まちなか》にある店々も、兵士を客としたものが多い。兵士のほとんどは男ということもあり、サーキュスの町には大きな歓楽街が存在する。勇真が向かったのはそんな歓楽街にある華館だ。

メルベリスとヴェロニカは、スキルを今ひとつ使いこなせていない勇真のために、この幻影のダンジョンに数人の部下を連れてやってきたのだった。

騎士であるメルベリスとハルバートを使う兵士長のヴェロニカの他は、魔法騎士一名（男）、弓兵一名（男）、回復魔法の使える衛生兵一名（女）を伴っている。

他の三名は夕食をとった後、早々に宿の自室で休んでいる。

ヴェロニカは自室から酒瓶とカップを持って、メルベリスの部屋を訪れた。

「ほら、一杯やりな」

ヴェロニカは二つのカップになみなみと酒を注いで、一つをメルベリスに差し出す。

差し出されたカップを受け取り、口をつけたメルベリスは顔をしかめた。

「こんなところで手に入る酒なんざ、こんなもんだろ。姫様が下賜《かし》してくださるようなもんと比べるんじゃないよ」

そう言って、ヴェロニカはカップの中身を一気に呷《あお》る。

「で、どう思う？　勇者様《お坊ちゃん》は」

メルベリスもカップの中身を飲み干し、テーブルにカツッと音高く置いた。

「どうもよくわからない。何かのスキルを使おうとしているのか、もしくは使っているが失敗しているのか……」

「ああ、よく戦闘中にふらついているな。あれはＭＰ枯渇《こかつ》か」

空いたカップに酒を注ぎながら、ヴェロニカが思い当たる戦闘風景を口にする。

「頻繁《ひんぱん》にマジックポーションを使っているようだ。衛生兵《ロメリア》から在庫の補充を申請された」

「種族レベル自体は上がっているようだが。勇者の特徴なのか？　あちらから何か情報は？　何か言ってきてないか？」

「それが……」

メルベリスは声量を落とし、腰のポーチから紙を一枚取り出してヴェロニカに渡す。

「なっ、ダンジョンで見失っただと？　どういうことだ！」

「しーっ、声が大きい」

メルベリスはヴェロニカの腕を掴み、声を落とすように言った。

「転移系の罠にはまったそうだ。カールレイたちはすぐに出口に向かい、出入り口に監視を置いたそうだが、五日経っても出てきた様子はないらしい」

「見失ってすでに五日も経っているのか？　まだ中に……いや、勇者《お嬢ちゃん》たちには、そんなに食糧や物資を持たせていないはず、なら死んだのか？」

自分たちには詳しく説明されることはないが、彼らの育成方針について、ユーファンレア皇女はよく「前回の轍《てつ》を踏まぬためです」と言われる。

そう、〝前回〟という言葉に、彼女らは勇者召喚が今回が初めてではないことを知った。

「姫様は生きているとおっしゃっているそうだが、どうだろう？」

彼らが逃げ出さないように、与えられる情報は制限され、物資や装備すら二級品である。救いは、破損すればすぐ新しいものと取り替えてもらえるところくらいか。

ヴェロニカは椅子に深く座り直し、なみなみと注いだカップの中身をまた一気に飲み干した。

「このことはお坊ちゃんには？」

「勇真には知らせないようにと。もともと二人に関して気にする素振りはないしな。さほど仲がよかったわけではないのだろう」

「どうするんだ、これから」

メルベリスは、新たに注がれた酒を一口だけ口に含んで飲み下《くだ》す。

「もう一度召喚の儀式をするには、多くの供物と年単位の準備がかかるそうだ。姫様は今回の準備に八年かかったとおっしゃっていた。今回の召喚で供物の条件がはっきりしたそうなので、次回の準備をするのに数年は短縮できるだろうとおっしゃっていたがな」

まだやる気なのかとヴェロニカは思ったが、さすがに口には出さなかった。

「見つかるかどうかわからないなら、一人残った坊ちゃんには、頑張《がんば》ってスキルを育ててもらわなきゃあいけない。失敗すればこっちが供物にされてしまう」

「ああ、そうだな」

揺らめくランプの灯りの下でも、メルベリスとヴェロニカはお互いの顔色が悪いことははっきりとわかった。

◇　◇　◇

まるで全力疾走《しっそう》をした後のように、はあはあと荒い息を吐《は》きながら、勇真はベッドに仰向けになった。肉体的な満足はあっても、精神的な満足は得られなかった。

こんなうらぶれた町の娼館に、シモーヌのような上等の女がいるはずもない。そう心の中で独りごちる。

比較的若い娘を指定したが、若いゆえにいいところは、その若さのみか。

「シモーヌ……」

右腕で目を覆うと、揺らぐオイルランプの灯りがまぶたにチラつくことがなくなり、視界は闇に包まれる。

まぶたの裏に、優しく自分の名を呼ぶシモーヌの姿が浮かぶ。

隣に横たわる娘は乱暴に扱われた上、誰か他の女の代わりにされたことに、少ないプライドを傷つけられたと怒りをあらわにするが、目を覆う勇真には何も見えない。

娘は料金分の仕事は終わったとばかりに、自分の衣服をかき集め、声もかけずに部屋を出ていった。

まぶたを強く押さえすぎたせいか、何も見えないはずの目に、残像のような揺れる影がチラつく。

それがダンジョンのモンスターが黒霧となって消滅する様子を思い起こさせた。

「なぜだ……なぜだ、なぜだ、なぜだ、なぜだ、なぜだ……」

徐々に上がりにくくなってきたレベル、一向に成功も成長もしないスキル。

「なぜだ、俺は……俺は勇者じゃないっていうのか？」

ステータスの職業は、いつの間にか〝盗賊〟から〝剣士〟に変わっていた。強奪スキルの《盗む》が成功しないからか？

「そもそも、何も盗めたことがないのに、盗賊扱いはないだろう。この世界のステータスにある職業って何なんだよ」

部屋の静けさにようやく気づいて目を開けると、勇真は安っぽいベッドに自分一人残されていたことを知る。

「くそ、あの女……」

部屋が静かになったせいで、隣室の音を耳が拾う。

「……あっ、あん、そんなに……や……すご……」

「へっ……め、……ら……」

通常なら聞き取れない会話、会話と言っていいのか——それはスキル《盗み聞き》により、勇真の耳にはっきりと聞き取れた。

「ああ、ちくしょう‼」

がばりと起き上がり、自分の脱ぎ捨てた服を乱暴に拾い上げて袖を通す。

なんでこんなクソ役立たずなスキルだけ使えるんだよ。っていうか、使おうと思ってもいないのに発動して、聞きたくもない声を拾ってんじゃねえよ！

勇真は内心で罵倒《ばとう》した。

ドアを音高く開けて部屋を出ると、隣の真っ最中の客室はドアがちゃんと閉まっていなかった。

「やることに夢中で、鍵忘れてんじゃねえよ」

そう小声で呟《つぶや》いて立ち去ろうとしたが、隙間《すきま》からつい隣室を覗《のぞ》いてしまう。

自分の部屋もそうだったが、扉の位置からは衝立《ついたて》があり、奥のベッドは見えない。衝立《ついたて》の横には荷物置きがあって、その上には客の荷物が無造作に置かれていた。

客は武器を衝立《ついたて》のこちら側に置き、寝台まで持ち込まないように、店側に指示される。客の男はそこそこ上物っぽい装飾の施されたナイフと、どこにでもありそうなロングソードを置いていた。

「〈スティール〉」

勇真は、特にそのナイフが欲しかったわけではない。スキルもいつものごとく発動しないだろうと思いつつ、使ってみただけだった。

「ぐっ、がっ……」

大量のＭＰの抜ける感覚に、腰のポーチからマジックポーションを取り出そうと右手を動かせば、手に何かがぶつかった。

「は……はあ、は、はははは」

笑いがこみ上げる。そのままポーションは後回しに、急いで華館を後にする。

足を動かしながらも、込み上がってくる笑いが止められない。

「ははっ、ははは、わははっ」

すれ違う町ゆく人々は、気でも触れたような勇真をあるものは遠巻きにし、あるものは避けるように足早に遠ざかる。

そのまま人気《ひとけ》のない路地裏に足を進めた勇真は、表通りから見えない場所まで来ると、壁を背につけ、ずるずるとずり下がり、その場に座り込む。

「やった、やったぞ！　ついに成功したぞ！」

見るもののいないその場所で、勇真は狂ったように笑い続けた。

左手に装飾の施されたナイフを握りしめたまま。

◇　◇　◇

私たち——笹橋雪音と牧野奏多《まきのかなた》は、スーレリア王国から逃げ出して、ようやく隣国であるセバーニャ王国のカルニャッカという町にたどり着いた。

町に入るためにギルドカードを紛失した冒険者のフリをしたけど、カナちゃんと話し合って、この町から早々に移動することにした。ちょっとゆっくりしたかったんだけど。

たまたま宿の食堂で、隣に居合わせた冒険者の会話から、山を越えてスーレリアからセバーニャ側に抜ける方法を知った。そしてその通りに抜けることができた。

でも、冒険者たちが普通に話していたし、私たちにできたことだから他の人、例えばスーレリアからの追手とかにも可能だってことを、カナちゃんに指摘されたの。

国境線全てを監視するなんて無理だもの。大丈夫じゃないのかとも思ったけど、もしかしたらそんなことができる魔法とか魔道具が存在するかもしれない。もしあったらすぐに追いかけられて捕まってしまう。秘密の話なら、食堂で大きな声で会話するなんてしないよね。

話をしていた冒険者はあけすけに会話を交わしていた。だから、国境を越えて移動することはわ

りとあることなのかもしれないと、今更だけど結論に至った。

あのときはいい方法だと、逃げることばかりに気を取られていたみたい。

鎖国中の国に表立って探索の手を伸ばすことはないとしても、冒険者に依頼することはできるよね。

実際冒険者ギルドには〝探し人〟や〝お尋《たず》ね者〟などの貼り紙もある。

ほぼ常設依頼と化しているけど。

「ねえカナちゃん。探し人に……」

「ダメよ、ユッキー。するとしても、ここじゃあ勇真に勘づかれるわ。せめて隣のニーチェスあたりに行ってからね」

私は全部を言い終わるまでもなく、風舞輝を探す依頼を出すことを止められた。

何より勇真にわからないようにしなければ、私たちの居場所を突き止められてしまう。

そして、反対に思ってしまった。

〝風舞輝は私を、私たちを探してくれてるのかな〟って。私たちを探す貼り紙は見当たらない。

口に出していないとしても、カナちゃんには私の考えていることがわかったみたい。

「彼がスーレリアやこの周辺の国に落とされたとは限らないのよ、ユッキー。最悪別の大陸とか島とかもあり得るんだからね」

スーレリアでは、周辺国の名前くらいしか教えてもらわなかったけど、この大陸自体は広く、そしてここ以外にも人の住む大陸や島国があって、この大陸の国々と貿易をしている。

スーレリアでは教えてもらってないのに、なぜそんなことを知っているのかって？　資金稼ぎに市場や商店を回っていたときに、お米を見つけたの。

聞けば、元はヤマトイ国と言う島国の特産だったものを、カヴァネス四侯国で栽培に成功して、こうして隣国であるセバーニャにも入ってきて、少しだけど栽培している農村があるんだって。

最近は、商隊や冒険者の移動時の携帯食料として、平民層に少しずつ広まってきているという話。米のままだと長期保存が可能で、旅先などではスープに入れて煮《に》る手間はいるけど、そこそこ満腹感が得られるので、重宝されてるみたい。硬いパンより嵩張《かさば》らないため、長距離移動や長くかかる依頼の携帯食糧として売れているんだとか。

聞く限り、リゾットやお粥《かゆ》のような食べ方をしているみたい。小麦より少し高かったものの、早速購入したよ。

土鍋や飯盒《はんごう》で米を炊《た》いたことはあったけど、鉄鍋でガス火じゃなく薪《たきぎ》で炊《た》くのは難しかった。

「このおこげもいい感じじゃない」

カナちゃんはそう言って、美味《おい》しそうに食べてくれたけど。

実際ここのお米は、日本のお米のように品種改良される前の、原種に近く、甘みやもちもち感のないものだった。カナちゃんはそれでも〝お米〟っていうだけで嬉しいみたい。

私がそこまで感じないのは、家でも〝パン食〟が半々だった上、お婆さまはジャガイモを主食がわりに料理を作ってたもの。カナちゃんほどお米に拘《こだわ》らないのは、私がクォーターで生粋《きっすい》の日本人じゃないからかな。

うん、ちょっと水加減間違ったみたいで、芯《しん》が残ってるよ。おかずも考えないとね。野菜を塩もみしてお漬物っぽくしたいけど、ここは内陸だからかお塩が高いんだよね。

海水塩じゃなくって岩塩っぽいし、混じりものも多いみたい。

上手くお米を炊《た》くにはもうちょっと練習がいるね。そうは言っても、たくさん買うお金はまだないから、頑張《がんば》って稼がないと。

カヴァネス四侯国へ行けば、もっと安く手に入れられるだろうけど、ちょっとでもスーレリア王国から離れたいので、私たちはニーチェス王国方面へ向かうことに決めている。

翌日もお米を買いに行くと「よっぽど気に入ったんだね」と、ちょっとおまけをしてもらった。

お米を売っていたおばさんの話だと、最近セバーニャ国内で作られたお米ならそれなりに出回っているから、他の町でも手に入るって教えてもらった。

米作りの経験が少ないせいか、まだカヴァネス産のお米よりセバーニャ産のお米の方が質が落ちるから安いんだって。

でも、こうして異世界に来てお米が食べられてよかったな。カナちゃんがただの塩むすびに涙を流さんばかりに喜んでる。

風舞輝も白ごはんが大好きだったよね。おばさんは、お弁当には白ごはんをぎっしり詰めて、真ん中に梅干しを置いた日の丸弁当にしてたもん。だから、私が作ってあげたときもそうしてた。

風舞輝はお米のあるところにいるんだろうか。少しは料理ができたから、こっちでも自炊してるかな。お店でばかり食べてないといいけど。

この塩握りを、風舞輝にも食べさせてあげたいな。

もしかしたらセバーニャ王国、ううん、そこまでじゃなくても、ニーチェス王国にいるかもしれない。カナちゃんに言うと「甘い」って言われそうだけど、ちょっと期待しながら、カルニャッカの町を後にした。

原作:琳太 漫画:吉祥寺笑
神様に加護2人分貰いました
Kami-sama ni KAGO FUTARIbun moraimashita
1~3
2つの子チートで異世界旅暮らし♪
シリーズ累計19万部(電子含む)
クラスメイトと異世界に転送される、と思ったらその途中、いじめっ子・勇真に突き落とされてしまった風舞輝。
目覚めたら一人ぼっちで森の奥深く――。
しかし、その一部始終をみていた神様は、勇真の分の加護を風舞輝に与えることに。
加護2人分を得た風舞輝は無事異世界生活を切り抜けられるのか!
異世界モンスターテイムファンタジー、コミックス絶賛発売中!
B6判/各定価:748円(10%税込)
Webにて好評連載中! アルファポリス 漫画 検索

高校生の佐藤悠斗は、不良二人組にカツアゲされている最中、異世界に転移する。不良の二人が高い能力でちやほやされる一方、影を動かすスキルしか持っていない悠斗は不遇な扱いを受ける。やがて迷宮で囮として捨てられてしまうが、密かに進化させていたスキルの力でピンチを脱出！　さらに道中で、二つ目のスキル『召喚』を偶然手に入れると、強力な大天使や神様を仲間に加えていくのだった——規格外の能力を駆使しながら、自由すぎる旅が始まる！

●ISBN 978-4-434-28783-1 ●定価：1320円（10%税込） ●Illustration：YuzuKi

ハズレかどうかは使い方次第!?

蔑まれてる土魔法で未開の村を快適に開拓!!

第13回
アルファポリス
ファンタジー小説大賞
優秀賞
受賞作!!

グレンリード辺境伯家の三男・エクトは、土魔法のスキルを授かったせいで勘当され、僻地のボーダ村の領主を務めることになる。護衛役の五人組女性冒険者パーティ『進撃の翼』や、道中助けた商人に譲ってもらったメイドとともに、ボーダ村に到着したエクト。さっそく彼が土魔法で自分の家を建てると、誰も真似できない魔法の使い方だと周囲は驚愕! 魔獣を倒し、森を切り拓き、畑を耕し……エクトの土魔法で、ボーダ村はめざましい発展を遂げていく!?

●ISBN 978-4-434-28784-8 ●定価:1320円(10%税込) ●Illustration:しいたけい太

余りモノ
異世界人の
自由生活
勇者じゃないので勝手にやらせてもらいます
[著]藤森フクロウ
Fujimori Fukurou
幼女女神の押しつけギフトで
快適!
辺境ソロ生活!
第13回
アルファポリス
ファンタジー小説大賞
特別賞
受賞作!!

貴族の三男坊の僕、クロウは優秀なスキルを手にした兄様たちと違って、錬金術というこの世界で不遇とされるスキルを授かることになった。それで周囲をひどく落胆させ、辺境に飛ばされることになったんだけど……現代日本で生きていたという前世の記憶を取り戻した僕は気づいていた。錬金術がとんでもない可能性を秘めていることに！　そんな秘密を胸の内に隠しつつ、僕は錬金術を駆使して、土壁を造ったり、魔物を手懐けたり、無敵のゴーレムを錬成したりして、数々の奇跡を起こしていく！

◉定価：1320円（10%税込）　◉ISBN 978-4-434-28659-9

◉Illustration：ぐりーんたぬき

この作品に対する皆様のご意見・ご感想をお待ちしております。

おハガキ・お手紙は以下の宛先にお送りください。

【宛先】

〒150-6008 東京都渋谷区恵比寿 4-20-3 恵比寿ガーデンプレイスタワー 8F
（株）アルファポリス　書籍感想係

メールフォームでのご意見・ご感想は右のＱＲコードから、
あるいは以下のワードで検索をかけてください。

アルファポリス　書籍の感想　検索

ご感想はこちらから

本書はWebサイト「アルファポリス」（https://www.alphapolis.co.jp/）に投稿されたものを、改題、改稿、加筆のうえ、書籍化したものです。

神様《かみさま》に加護《かご》２人《ふたり》分《ぶん》貰《もら》いました７

琳太（りんた）

2021年 4月30日初版発行

編集－加藤純・宮坂剛
編集長－太田鉄平
発行者－梶本雄介
発行所－株式会社アルファポリス
〒150-6008 東京都渋谷区恵比寿4-20-3 恵比寿ガーデンプレイスタワー8F
TEL 03-6277-1601（営業） 03-6277-1602（編集）
URL https://www.alphapolis.co.jp/
発売元－株式会社星雲社（共同出版社・流通責任出版社）
〒112-0005 東京都文京区水道1-3-30
TEL 03-3868-3275
装丁・本文イラスト－みく郎
装丁デザイン－AFTERGLOW
印刷－中央精版印刷株式会社

価格はカバーに表示されてあります。

落丁乱丁の場合はアルファポリスまでご連絡ください。

送料は小社負担でお取り替えします。


ISBN978-4-434-28788-6 C0093